ヘタレな天使が女装王子と出会いました

小中大豆

白泉社花丸文庫

JN267223

ヘタレな天使が女装王子と出会いました　もくじ

イラスト／陸《りく》裕《ゆ》千《ち》景《か》子《こ》

「完璧だ」

自宅アパートの寝室に置かれた姿見の前で、剛志六実《ごうしむつみ》は勝ち誇った声を上げた。何と勝負しているのか、と冷静に問われると答えは出ないが、今はとにかく、何がしかの勝利を確信している。

身に着けているのは、黒地にピンクの薔薇《ばら》が散ったフリルのワンピース。男性特有の顔のラインを隠すため、黒いロングソバージュのウィッグを被《かぶ》り、サイドの髪を肩口から前へ垂らしている。顔には最近板についてきた、フルメイクをほどこしていた。

「完璧だ。どこからどう見ても、女にしか見えない」

鏡に映った自分の姿に、六実は自画自賛《じがじさん》した。よくよく目を凝らして見れば、それなりに可愛いような、可愛くないような気がしないでもない。

六実は今年で二十九歳になる、身長は百七十五センチあった。着痩せして見えるが、筋トレが趣味なので脱ぐときっちり筋肉が付いている。色白のくせに目鼻がくっきりしているせいで、顔が女性的に見えるらしい。十代の頃は女の子に間違えられたりもしたのだが、今はさすがにそんなことはない。

そんな、そろそろ三十路に手が届くかという立派な成人男性が、フリルのワンピースを着ている。長野《ながの》の実家にいる両親と兄が見たら、きっと痛ましい顔をするだろう。母は泣き出すかもしれない。

ちなみに六実の恋愛対象は男性、つまり同性愛者だが、女になりたいわけではない。むしろ昔は、女顔でほっそりした自分が嫌で、男らしい男になるべく鍛えまくっていたくらいだ。

女装の趣味はない。それでもあえて女性に扮《ふん》するのにはわけがある。

「恵《けい》君。明日やっと、君に会えるよ」

姿見の隣の壁に貼《は》られたポスターに、六実はうっとりと話しかけた。

大判の紙の中からこちらを見据える美貌の青年は、高城《たかぎ》恵という、人気の若手俳優だ。

顔立ちは王子様のような正統派の美形なのに、わずかに微笑む瞳はどこか冷たく皮肉げで、悪辣に見えた。しかしその悪辣が青年の美しさに艶《つや》を与えている。

今まで、どれだけの女を泣かせてきたのだろう。もしかしたら、男も泣かせたかもしれない。彼の持つ色気にはそんな、凄《すご》みのようなものさえ感じさせる。

公式プロフィールによれば、今年で二十三歳、デビュー三年目となる。六実より六つも年下だけど、憧《あこが》れるだけなら年の差なんて関係ない。

「恵君……」

高城恵は、六実の心の王子だった。

明日は彼の主演映画の公開日だ。都内の映画館で初日の舞台挨拶《あいさつ》が行われる。六実は運よくそのチケットが取れて、この日が来るのを指折り数えて待っていた。

生の高城恵に会う。ファンは女性ばかりだ。そんな夥《おびただ》しい数の女の群れに身を投じるため、六実は女装をするのだ。

高城恵に出会うまで、六実は芸能人やミュージシャンといった著名人にはさほど興味がなかった。せいぜい、流行《はや》っているのでちょっと気にかけてみる、という程度だ。だから高城恵のことも、存在は認識しているが、好きでも嫌いでもない、というものだった。異様なまでにハマッたのは、数か月前。仕事と恋人を一度に失ったことがきっかけだった。

六実はそれまで、新卒で大手メーカーに就職してから、営業職としてぼちぼち順風な生活を過ごしてきた。

ゲイだというアイデンティティに悩んだ過去もあるけれど、今はそんな自分と向き合って暮らしている。付き合って一年になる恋人もいた。顔はそこそこだが、紳士的で教養あるエリートだ。

仕事にも恋人にも、全く不満がないと言えば嘘になるが、深刻な悩みも特にはなく、押し並べて幸福な日々を送っていた。

生活が一変したのは、大学時代の先輩に誘われて、転職を決意してからだ。大学時代に空手部に所属していた六実は、ある時参加した部のOB会で、先輩から起業をするので手伝ってくれないかと持ちかけられた。

ＩＴ企業でシステムエンジニアとして働いているその先輩は、このほど同僚と共に独立して、新会社を設立するのだと言う。技術者は既に揃《そろ》っているが、営業がいない。それで、そこそこ名のある企業で営業マンをしていた六実に声がかかったのだった。

熱心に請われて、転職を決意した。起業、という言葉は自分には縁のないことだと思いつつ、憧れていたというのもある。

元の会社の上司に辞意を伝えると、しばらく慰留されたが、最後には気持ち良く送り出してくれた。引き継ぎを済ませ、送別会もしてもらって、あとは有給消化のみという時期になって、唐突に起業に誘った先輩から、会社設立の話が流れたと言われた。

六実のアパートにまで現れた先輩は、一目見てわかるほどやつれていた。聞けば、設立メンバーの一人が、起業の資金を持ち逃げしたというのだ。

不幸中の幸いというべきか、六実は金を出していなかったが、他のメンバーは全員、起業のためにと出資した貯金を奪われてしまった。会社の事務所として賃貸契約していたはずのテナントも実際は契約されていなかった。さらには新会社設立と同時に仕事をもらえるはずだった取引先にも、持ち逃げの件が知られてしまい、取引は中止になってしまったのだ。

こんなことになってすまなかったと、泣いて土下座する先輩をどうにか宥《なだ》めて帰したものの、六実も途方に暮れてしまった。今となっては、元の会社にも戻れない。

突然の無職。不幸はそれだけでは終わらなかった。

まだ身の上に起こった出来事に混乱する中、恋人から突然の別れを告げられたのである。

『自分のパートナーが無職っていうのは、ちょっとね』

なんだその、ちょっと、ってのは。無職というだけで見下すように六実を見る、恋人の変貌《へんぼう》に腹が立ったが、元々この男はエリート志向で、一流大学出の一流企業勤めがご自慢だったのだ。

『あっそう。あんたみたいな薄っぺらい男、こっちから願いさげだね』

言い捨てて、恋人との関係は終わった。その時は腹が立つばかりだったが、数日経って冷静になると、無職で失恋、という事実が重くのしかかってきた。

とにかく、再就職しなくてはならない。ハローワークに通い、ネットや雑誌の求人情報を当たったものの、なかなか希望に合う仕事は見つからなかった。元恋人を見返したくて、条件を高望みしすぎたせいかもしれない。ハローワークの職員から、このご時世にそんな高条件はなかなかありませんよ、と釘を刺されたが、諦められなかった。

それからも毎日、職を探し、ダメ元でと有名企業に履歴書を送っては返され、そうこうしているうちにある日、ふっと息切れしてしまった。

ゴールの見えない場所で走り続けることに、唐突に虚《むな》しさを感じてしまったのだ。

『もう俺、永久に就職できない気がしてきた』

明日からどうすればいいのかわからなくなって、六実は友人が働くゲイバーに飲みに行き、愚痴《ぐち》をこぼした。

『六実ちゃんは、頑張《がんば》りすぎなんじゃないかしら』

付き合いの長い友人は、カウンターの向こうからそんな風に言った。同じ大学の空手部だった同級生で、起業をするという先輩のことも知っている。

『先輩、奥さんと子供を連れて実家に帰ったって』

人づてに聞いたのだと、教えてくれた。心労がたたったせいか、先輩はあれから、身体を壊してしまったのだという。昔は実家には戻らないと言っていたが、子供も生まれたばかりだし、どうにもならなかったのだろう。

『そう考えたら、俺はまだ、ましだったのかなあ』

金を騙《だま》し取られることもなく、失ったのは薄情な恋人と仕事だけ。それだって、まだ取り返しがつく。

『就職も焦らないで、いい転機だと思ってじっくり考えたら？　こんな長いお休み、またサラリーマンになったら取れないでしょ』

ポジティブな友人の言葉は、疲れていた六実の心によく効いた。確かに、ここらでゆっくり休息を取り、先の事を考えるのもいいかもしれない。無駄遣いもしてこなかったから、当面は食べて行かれるだけの貯金もある。

ちょっとだけ、ゆっくりしてみようか。そんな気になった。

とはいえ、ずっと忙しく働いていた六実には趣味らしい趣味がない。翌日から、仕事のことを気にせず「ゆっくり」してみたものの、どうにも気が落ち着かなかった。

『俺、ゆっくりできないかも』

またもやゲイバーに飲みに行き、友人に愚痴ってみる。飲みに行くくらいしか、時間を潰す当てがないのだ。そう考えると何だか自分がつまらない人間に思えて、余計に落ち着かない。

『うーん、旅行はお金がかかるしねえ。じゃあ取り敢《あ》えず、お金がかからない時間潰しってことで、あたしのお勧めDVDを貸してあげる』

友人は少し考えた後にそう言って、カウンターの奥から、するっとDVDを取り出して来た。一瞬、ゲイ向けのエロビデオかと期待したのだが、パッケージを見るとごく普通の日本映画だった。

主演は高城恵。名前は知っている。テレビでも最近よく見かける。演技は見たことがないからわからないが、やたらと美形な俳優だ。

『あたしの一番のお勧め。布教用に店に置いてるの。この主演の高城君って子が、もうすっごくカッコ良くって』

それから小一時間ほど、高城恵の良さを語られた。話の内容は良く覚えていない。ただとにかく、友人が今、高城恵に夢中だということはわかった。

『六実ちゃんも絶対、これを見たら恵君のファンになるわ。とにかく素敵なの。恵君はあたしの王子様よ』

『はは。マロンちゃんは乙女だなあ』

そういえば、源氏名をマロンというこの友人は、学生時代からやたらと面食いだった。外見を重視しない六実は、美形の俳優にさほど食指は動かなかったものの、せっかく勧めてくれたのだからと、家に持ち帰ったのだった。

そしてその一本の映画のおかげで、六実は高城恵という俳優にすっかり魅了されてしまった。

デビュー間もなかった高城恵の、映画初主演作品だ。根性が曲がりに曲がった、屈折しきった心を持つ不良高校生の役を、当時二十歳だった彼が演じていた。

すらりとした長身にバランスの取れた肢体は、ただ立っているだけで華がある。彫りの深い顔立ちに、切れ長の目はアップになっても漆黒の色をしており、それがとても神秘的に見えた。

目立ったのは容姿だけではない。演技も、デビューしてすぐとは思えないほど老成していた。

高城恵というのは、どんな人物なのだろう。

気になって、雑誌やインターネットで情報を集めた。ネットの辞典サイトによれば、恵は今年で二十三歳。東京都《とうきょうと》の出身で、三年前、テレビドラマのちょい役でデビューし、その後すぐ、六実が最初に見た映画に出演。それがきっかけで人気が出た。出身校や家族構成は明らかになっていない。

所属する事務所は中堅のようだが、管理が徹底しているのか、その人気に比べるとプライベートの流出は驚くほど少なかった。

ただ、たまに番組の宣伝や映画の記者会見などで現れる恵は、演じる役と同じく、やや斜《しゃ》に構えていて、言葉や表情の端々に自信と不遜《ふそん》さが滲《にじ》み出ている。

きっと性格が悪いんだろう、というのが巷《ちまた》での評判だ。六実も見ていてそう感じる。同時に、それがいいのだ、とも。

それから、彼の出演作品を片っ端から見ていった。ドラマも映画も、レンタルでは飽き足らず、ＤＶＤが出ていれば購入した。無職なのだから無駄遣いしてはいけない、と思わなくもなかったが、「今まで頑張った自分にご褒美《ほうび》」とか何とか言い訳をして買った。

『六実ちゃんもファンになってくれて嬉しい。一緒に恵君の話しましょうね』

恵にハマったと話すと、マロンちゃんは喜んでそう言った。

無職になって一月が経つ頃にはもう、収集した雑誌の切り抜きやポスター、カレンダーなどで狭い寝室はびっしり埋め尽くされるようになった。自分でも、ちょっと頭がおかしいんじゃないかと思い始めたが、どうにも止まらない。

ファンというのは不思議なものだ。どんなにグッズを収集しても、繰り返しドラマや映画を見ても満足できず、もっともっとと高城恵を欲してしまう。

いい加減、彼の作品は見尽くしたなというところで、高城恵がＣＭに出演している、製菓の宣伝イベントの存在を知った。新商品の紹介のために、本人もイベント会場に現れるという。

生の高城恵に会える。大きな会場で大々的に行われ、参加チケットの倍率もそれほど高くはなさそうだ。勇んでマロンちゃんを誘ったのだが、二つ返事で乗ってくると思っていた友人は、意に反して『私はやめておくわ』と断ってきた。

『前に一度、恵君のファンイベントに行ったんだけどね。恵君のファンてすごく熱狂的で、しかも女の人ばかりなのよ』

そりゃあそうだろうと、六実は思った。高城恵は若くて美形の青年だ。ノンケの男性でも憧れるだろうが、圧倒的に女性が多いというのは容易《たやす》く想像できる。だが恵への情熱なら、六実だって負けてはいない。

本当は男一人でちょっと心細かったけれど、恵に会うためだと意を決してイベントに行った。しかし。

（ウッ、なんだこの、女の群れは）

会場を埋め尽くすのは女ばかり。それも恐らく、全員が高城恵のファンと思われる。恵が現れると、女たちは地獄のように恐ろしい雄叫びを上げていた。六実の他に男性は、前方にいる取材陣以外に見かけなかった。

女性ファンは恵を見つめるのに必死で、六実のことなど気にかけていない。そうはわかっていてもやはり、「恵くーん！」と咆哮《ほうこう》する異性の群れに囲まれ、生きた心地がしなかった。

何というアウェイ感。せっかく同じ空間に高城恵がいるというのに、イベントを十分に楽しめなかった。

（やっぱり、男の俺がファンなんておかしいのかな）

愛と情熱は女性に負けないつもりだけど、女子高の体育の授業にオッサンが一人紛《まぎ》れたような、えも言われぬ恐怖といたたまれなさを味わった後では、男の自分が年下の美青年を追いかけているなんて、異常ではないかとすら思ってしまう。

でもまた、恵を間近で見たかった。同じ建物の中で同じ空気を吸っているのだと思っただけで、血が滾《たぎ》る。

恐怖と思慕の狭間で葛藤《かっとう》した六実は、はっと妙案を思いついた。

(そうだ。男じゃなければいいんだ)

幸い自分は線が細いとか、女顔だと言われている。きりっとした男らしい男になりたかった六実は、長らくそれがコンプレックスだったのだが、今は己の特徴を生かすべきだ。

さっそく通販で女性物の服とウィッグ、化粧道具を購入した。化粧の方法はネットを調べたら色々と出てきた。今時は動画まであるので便利だ。

勢いで突き進んだ女装は、初めてにしてはなかなか上手くいっている……ように、六実には見えた。

その勢いに任せ、ネットの情報を頼りにテレビ局の撮影スタジオに赴《おもむ》き、出待ち入り待ちをする恵のファンに混じってみる。まだちょっと怖かったので、群れから離れて遠巻きに見ていたのだが、イベントの時ほど恐怖といたたまれなさは感じなかった。イベントでは周りから珍しそうな視線を受けたのだが、今回はそうした感覚は一切なく、まるで自分が空気になったかのようだった。

(いける。これならいけるぞ)

興奮した六実は、それからもちょくちょく、女装をして他の女性ファンに混じった。

とはいえ、芸能人の出待ちは時に近隣の迷惑になることもあり、決して推奨される行為ではない。女装が上手くいっているのを確認すると、頻繁《ひんぱん》に行きたい気持ちを抑え、次のイベントを待った。

待ちに待った甲斐《かい》あって、このほど恵が主演する映画の、初日舞台挨拶がある。運良くチケットも取れた。

この日のためにフリルのワンピースと、六実の足に合うパンプスを買った。ウィッグの手入れもして、もはや死角はない。

(恵君……やっと会える)

再就職、という三文字がちらりと脳裏を過《よ》ぎったが、恵に会えるという興奮に、その文字はすぐにかき消された。


映画のエンドロールが終わって明かりが点《つ》くと、場内には興奮に満ちたさざめきが溢れ出した。

六実の隣で、妙齢の女性二人が「恵、すごくカッコ良かったね」とはしゃいだ声を上げている。六実も心の中で大きくうなずいた。

映画は面白かったし、主演の恵は見ていて身悶《みもだ》えするほど魅力的だった。上映前の挨拶で、本人の姿を見ることもできた。ほんの二十分ほどのイベントで、恵が喋《しゃべ》ったのは二言、三言だったが、客席からは始終、黄色い声が飛んでいた。

まだまだ余韻に浸りたいところだが、永遠に座っているわけにもいかない。仕方なく席を立ち、のろのろと出口へ流れる人ごみに紛れる。

映画館にいる客は、ほぼ全員が女性客だった。一人二人、男性もいたが、六実が初めてイベントに参加した時と同じく、恵の登場に沸く女性たちに恐れ慄《おのの》いていた。やっぱり、女装してきて良かったと思う。

上映中は外していたつばの広い帽子を被り、少しずれていた伊達眼鏡のフレームを押し上げる。昼間は目元の隠れるサングラスをかけるのだが、この舞台挨拶は夜のイベントだったので、仕方なく眼鏡にしたのだ。女装は完璧だと思うが、顔を隠すものがあると安心する。

楽しい一日だった。しかし、その幸福感に水を差す問題が一つ、六実の足元で起こっていた。

(足痛ぇ……)

下ろしたてのハイヒールが、六実を責め苛《さいな》んでいる。映画館に来るまでは何とか耐えられたのだが、硬い皮が足を締め上げ、靴ずれを起こしたらしい指先と踵《かかと》は、歩く度《たび》にジクジクと痛んだ。

ハイヒールを履くのは今夜が初めてだが、はっきり言って甘く見ていた。こんなに歩きにくくて辛いものだとは、知らなかった。

（早く着替えよう）

女装をして出かけた時は、いつも男物の着替えを持って行く。行きはメイクに時間がかかるので家から女装して行くが、帰りは公共のトイレなどで男に戻ってから帰るのだ。

しかし、映画館のトイレは人がいっぱいで、とても人目を忍んで男子トイレに飛び込む余地はない。仕方なく、痛む足を引きずって映画館を出た。

今回、舞台挨拶があった映画館は、最近新しくできた複合商業施設の中にあった。映画館の他にも、ショッピングモールや美術館、アミューズメント施設など、あらゆるものが揃っている。敷地も広大だ。

人気のない方へない方へと、足を引きずりながら流れて行ったのだが、どこをどう歩いたのか、いつの間にか駐車場に出てしまった。しかもどうやら、テナントの関係者専用の駐車場らしく、どの区画にも「月極」と書かれていて人通りはほとんどなかった。

人がいないのはありがたいが、トイレが見当たらない。この足でまた、長い通路を戻るのかと思うとへたり込みそうになった。

（足痛い。恵君、助けて）

あまりの痛みに半ベソをかきながら祈った時、数メートル先に停められたワンボックスカーの中から、長身の男性が現れた。

すらりとした姿に思わず目を吸い寄せられて、驚く。それが誰あろう、たった今、心の中で描いた高城恵その人だったからだ。

(本物？)

春にそぐわぬ暖かいニット帽を目深に被り、夜だというのに色の濃いサングラスをかけていたが、間違いなく高城恵だ。

(……嘘だろ)

とんでもない偶然だ。しかし、どうしてここにいるのだろう。

上映前の挨拶から、既に二時間以上が経っている。多忙な恵は、もうとっくにこの場所から離れたと思っていた。それがなぜこんな時間まで、エンジンもかけていない普通乗用車にいたのだろう。

疑問に思ったが、それより何より、こんな風にばったりと出会えた幸運に歓喜した。

(どうしよう、ファンですって声かけちゃおうかな。いやでも、声出したら男だってバレるし)

興奮のあまりその場に立ち尽くしていると、駐車場の通路を横切ろうとしていた恵がこちらを振り返った。ばっちり目が合う。

恵と目が合ってしまった。彼が自分を見ている。その事実に、六実は狂喜した。

「け……」

我を忘れて、恵君、と声をかけようとする。だが相手は、六実の姿を認めた瞬間から、信じられないものを見るような、驚愕《きょうがく》の表情を浮かべて大きく目を見開いていた。かと思うと次の瞬間には、口の中で何かを呟《つぶや》き、ほとんど駆け出すようにして足早に去ってしまった。

「あ……」

逃げられた。きっと、こちらの態度でファンだと気づいたのだろう。何もそんなに慌てて逃げることはないのに、と思うが、彼は人気俳優だ。いつでもどこでもファンに追いかけ回されて、辟易《へきえき》しているのかもしれない。

(仕方がないか)

こんな間近で恵を見られただけでも、幸運だったのだ。

気を取り直し歩き出そうとして、痛みに足がもつれて転びそうになった。

「……っ」

踏ん張ると、靴ずれをした部分に激痛が走る。しばらく足を押さえてうずくまり、再び顔を上げると、いつの間にか恵の姿はいなくなっていた。キョロキョロと辺《あた》りを見回すが、人影は見当たらない。

(もう、これじゃあ歩けないな)

誰もいないのを幸いに、思い切って裸足で歩くことにした。そっとパンプスを脱ぐと、踵と親指が擦《す》りむけて、かなり出血している。

ペタペタとストッキングのまま歩くと、ほどなく駐車場の端、非常口の誘導灯の手前に、トイレを見つけた。

周りに誰もいないことを確かめ、男子トイレに入る。いくら女装でも、男の身で女子トイレに入るのは抵抗があるし、出て行く時は男の恰好なので、男子トイレに入るしかないのだ。

中を窺《うかが》うと、トイレに人影はなく、静まり返っていた。奥にある二つの個室も、両方空いている。

さっと個室に入り、急いで鍵を閉める。そこでようやく、息がつけた。

(早く手当てして、着替えよう)

傷口に絆創膏《ばんそうこう》を貼って応急処置を済ませると、持っていたボストンバックから男物の服を出して着替えた。

シートタイプのクレンジングで化粧を落としていると、誰かが入ってくる足音が聞こえた。何をしているのか、入口でしばらく立ち止まっていた新客は、やがて六実の隣の個室に入った。

静かな男子トイレの個室で、他人と隣り合わせでいるのは気詰まりだ。化粧を拭き落とし、女装道具をボストンバックにしまった。

パンプスも入れようとして、うっかり取り落としてしまう。

二つのヒールがトイレの床に落ち、カツンカツンと甲高い音を立てた。

「うわあああっ」

その瞬間、まるでヒールの音に呼応するかのように、隣の個室からすさまじい雄たけびが上がった。

「な……」

何事かと驚く六実の横で、ドタンバタンと尋常でない物音がする。隣の先客は、断末魔のような叫びを上げ続けながら、トイレを走り去って行った。

「何だよ……びっくりするな」

もしや、ヒールの音で隣に痴女がいるとでも勘違いされたのだろうか。

うっかり通報されたらまずいと、六実はあたふたと身支度を終えて個室を出た。

手洗い場でざっと顔を洗い、すっかり男の姿に戻る。靴ずれはまだ痛かったが、絆創膏も貼ったし、スニーカーに履き換えたので、普通に歩くことができた。

トイレを出て、元来た駐車場へ戻ろうとしたところで、反対側から涼しい風が吹いてくるのを感じた。振り返ると、トイレの隣、駐車場の最奥にある非常口が開け放たれている。

どうやら非常口は建物の外に面しているらしく、そこから夜の風が吹き込んで来ているのだ。つい今しがた、トイレに入る前には閉まっていた気がするのだが。

叫んでトイレを飛び出したお隣さんが、ここから出て行ったのだろうか。

「開けたらちゃんと閉めないとダメだぞ」

ブツブツ言いながらドアを閉めようとして、扉の向こう、非常階段の踊り場に帽子が落ちていることに気がついた。黒いニット帽だ。季節にそぐわぬアイテムに引っ掛かりを覚え、さらにドアを開けて外を見ると、階段を数段降りた先にサングラスが落ちていた。

「これって……」

まさかと思いながら、階段の下を覗《のぞ》く。一つ下の階の踊り場に、黒っぽい服を着た男性が仰向《あおむ》けに倒れていた。

「恵君！」

誘導灯の青白い光に照らされた美貌に、六実は思わず叫ぶ。

倒れていたのは、高城恵だった。先ほど駐車場で姿を見せたことといい、どうして一人でいるのか謎ではある。しかし今は、それどころではなかった。

「あの、大丈夫ですか」

もつれそうになる足を叱咤《しった》しながら、階段を転がるように降りた。

「恵君……高城さん、しっかりして」

見たところ目立った傷はないが、頭を打ったのかもしれない。何度も呼びかけると、恵が低く呻《うめ》いてうっすら目を開いたので、心底ホッとした。

「大丈夫？」

なおも呼びかけると、その声に覚醒《かくせい》したのか、恵ははっと目を瞬《またた》いた。

「今、救急車を呼ぶからね」

横たわる恵の脇に立つ六実の姿を認めて、その顔が一瞬、怯《おび》えたように強張る。かと思うと、驚くような勢いで上体を起こし、六実に縋《すが》りついた。

「え……」

「助けて」

恵が言った。六実のズボンの裾《すそ》を握る手が、小刻みに震えている。

「早く、逃げなきゃ……ストーカーが……」

ストーカーに追われているのだ。もしかすると、さっき駐車場で会った時も、ストーカー犯から逃げている最中だったのかもしれない。彼の顔にはべったり恐怖の色が貼りついていて、そのストーカーがちょっとした、付きまとい程度のものではないとわかる。

「まさか、そいつに階段から突き落とされたのか？」

思いついて言ったのだが、これには恵が首を横に振った。

「逃げている最中に、階段の途中から落ちたんです。早く、早く逃げないと……追いつかれる」

周囲を見回したが、人の気配は感じられない。とはいえ、恵の様子からしてぐずぐずしている暇はなさそうだった。

「わかった。今、救急車を呼ぶ。その様子じゃ、走って逃げられないだろう」

「でも、その間にあの女が来たら」

ストーカー犯は、女性らしい。それでも怯えるところを見ると、かなりエスカレートしているのだろう。

「どうしよう……さっき、巻いたと思ったのに、また、女が……」

うわ言のように「女が」と繰り返す恵は、完全に恐慌状態に陥《おちい》っている。大の男がこんな風になるなんて、絶対に尋常ではない。

「大丈夫」

六実はひざまずいて、力づけるために恵の手を強く握った。

「助けが来るまで俺がいる。俺が守るよ。人一人くらい撃退できる。優男《やさおとこ》って言われるけど、こう見えても空手の有段者なんだ」

相手が女でも油断はできないが、多少は腕に自信がある。たとえなくても、こんな状態の人間を放ってはおけなかった。

強く請け合った六実に、安心したのだろうか。恵の表情や身体から、ふっと強張りが解けた。

「お……うじ」

「え？」

何か呟いたが、聞き取れなかった。不意に恵のまぶたがぱたんと閉じ、起こしていた上体が無防備に傾《かし》いだ。

「ちょ、おい」

咄嗟《とっさ》にその身体を抱きとめて、声をかける。揺さぶりかけたが、もしや頭を打ったのではないかと思い、ただ声をかけることしかできなかった。

「ここで意識を失ったらだめだ。しっかりしろ」

「……しの、ざきさんに……連絡」

「篠崎《しのざき》？　篠崎さんだな。わかった、探して連絡する」

誰だか知らないが、関係者だろう。強くうなずくと、恵は今度こそ安心したようにふわりと微笑み、そのままがっくりと崩れ落ちた。

「け、恵君……」

殉職、という言葉が脳裏を過ぎる。昔見た、刑事ドラマでこんな場面があった。

「し、死ぬなあっ、恵――っ！」

思わず叫んだ時だった。

「恵？　そこにいるのか！」

頭上で人の声が聞こえた。ストーカーかとぎくりとしたが、声は男性のものだ。見上げると、六実が出てきた非常口から、眼鏡にスーツ姿の男性が下を覗きこんでいた。

「恵、返事をしてくれ」

切羽詰《せっぱつ》まった声に、ぴんとくる。咄嗟に声を上げていた。

「もしかして、篠塚さんですか」

相手の視線がわずかの間さまよい、やがて階下の踊り場に留まって、ぎょっとした顔になった。

「誰ですか、あなた。そこに倒れているのは……」

男の言葉を遮《さえぎ》って、六実はもう一度、「篠塚」かと尋ねた。必死に恵を探す様子からして、十中八九、関係者だということはわかっていたが、万が一の時には恵を守らなければと思っていた。

「私は篠塚ですが、あなたは……」

篠塚は困惑しきっていたが、六実は胸を撫《な》で下ろした。

「助けてください。高城さんが急に意識を失って」

六実が皆まで言う前に、篠塚はスーツの懐《ふところ》から携帯電話を取り出し、救急車を呼んでいた。

「申し遅れました、私は芸能プロダクションの者で、篠塚と申します。先ほど助けていただいた高城恵のマネージャーをしています」

ビジネスマナーのお手本のように四十五度の角度にきっちり姿勢を傾け、篠塚は名刺を差し出す。磨き上げた革靴が、リノリウムの床をキュッと鳴らした。

蛍光灯の光の下で見る男は、落ち着いた声の印象よりも若かった。六実と同じか、少し上くらいだろう。いかにも芸能事務所のマネージャーらしく、地味なのに押し出しが強そうに見える。

「あっ、どうも御丁寧《ごていねい》に。私は剛志六実と申します」

元サラリーマンの習性で、六実も身体を折ると両手で名刺を受け取った。人気の少ない夜の病院では、声を落としてもよく響く。

恵が病院に運ばれてから、一時間近くが経っていた。六実もなぜか、病院にいる。

篠塚が呼んだ救急車は幸い、ものの五分で到着した。そこでお役御免になると思っていたのだが、篠塚に促《うなが》され、救急車に同乗することになったのである。

『あなたから事情を聞かせていただきたいのですが、一刻を争うので』

そう言われれば確かに、この状況で事情を説明できるのは、六実しかいない。恵の容態も気がかりだった。

それで一緒に病院に入ったのだが、篠塚は恵に付き添って検査室に入り、その間、六実は診察時間の終わった待合室で結果が出るのを待っていた。

一時間ほどじっと待ち続け、検査室から出てきた篠塚に「大きな怪我はない」と聞いた時には思わず、身体の力が抜けて待合室のソファに座りこんでしまった。

篠塚も安堵《あんど》したのか、ご迷惑をおかけしました、と丁寧に頭を下げた。

「CTを撮りましたが、異常はないようです。意識がなかったのは、ただ眠っているだけだそうです。多忙で睡眠不足だったもので」

容態を告げる篠塚は、いささかバツが悪そうだった。階段の途中から滑って落ちたということは、六実の口から既に伝えてある。頭は打っていないと本人も言っていたが、打ち身だけで骨にも異常はないらしい。

「無事でよかったです。高城さんに何かあったら、ファンとして悲しいですし」

言うと、真意を窺うように篠塚が見るので、高城恵のファンであること、映画の公開挨拶に来ていたのだと告げた。

女装をしていたことはさすがに言えないので、その辺りはぼかし、帰りがけに空いているトイレを探していたところ、非常階段のドアに帽子が落ちているのに気づいた、と伝えた。

「そうでしたか。いや、助かりました。マスコミにでも嗅《か》ぎつけられたら厄介ですから」

「それより、何か深刻な状況みたいですけど。警察には通報しなくて大丈夫なんですか」

ストーカー女に追いかけられたと言っていた。恵の様子からして、普通のファンではないだろう。六実が言うと、篠塚は困った顔をして言葉に詰まってしまった。

「すみません。詮索《せんさく》する気はないんですが」

人気俳優だから、色々と事情があるだろう。聞かれたくないことだったのかもしれないと思い、そう断ったのだが、篠塚は「ああいえ、構いません」と首を振った。少しの間考える仕草をしてから、尋ねた。

「そのストーカーの女を、剛志さんは目撃されましたか?」

「いえ、俺が来た時にはどこにもいませんでした。高城さんが逃げてきたというから、どこかで巻いたんでしょう。階段から落ちたのは足を滑らせたからで、女性に押されたわけではないそうです」

駐車場でも恵に会ったことを告げようと思ったが、その時はまだ、自分が女装をしていたことを思い出した。女装して男性俳優の追っかけをするなんて嫌がられそうだし、自分も恥ずかしい。

そんなことをあれこれ考えている間に、篠塚は再び何か考える素振りで、黙りこんでしまった。

「あの、篠塚さん?」

六実が声をかけたその時、静かだった廊下の向こうからパタパタと急《せ》いた足取りが聞こえた。

「篠塚さん。患者さんが目を覚ましました」

女性看護師が待合室に顔を出した。しかし、告げる内容に反して表情は固い。

「まだ少し、混乱されてるみたいです。それから『おうじ』さんと仰《おつしや》る方を呼んでいるんですが」

言いながら、看護師があなたですか、という目で六実を見る。篠塚もこちらを振り向いた。

「『おうじ』ではなく『剛志』ではないですかね。すみません、剛志さん。一緒に来ていただけますか」

「え、あ、はい」

看護師の緊張した表情と、篠塚の勢いに押され、六実も診察室に向かった。廊下を歩きながら、自分は恵に名前を名乗っただろうかと首を傾げる。

看護師はいくつもある診察室のうち、一番奥のドアを軽くノックして入った。篠塚がそれに続き、六実もよくわからないまま彼の背中に付いて入る。

事務机と椅子の奥に半分ほどカーテンが引かれた診察ベッドがあり、白衣の医者が遮るように立っている。

「高城さん、マネージャーさんが来たよ」

言いながら、医者が道を開けるように端に寄ると、篠塚の肩越しにベッドの縁に座る恵の姿が見えた。

「篠塚さん。またあの女が」

よほど怖いのだろう。意識を失う前と同じことを繰り返している。

寝不足だったと篠塚が言っていたとおり、蛍光灯の下で見ると、恵の目の下にはくっきり隈《くま》ができていた。映画館での挨拶では気づかなかったから、もしかするとメイクで誤魔《ごま》化《か》していたのかもしれない。

「もう大丈夫だよ、恵」

「でも、さっきも逃げ切ったと思ったのに、また……」

必死で言いかけて、恵は上体を起こした拍子に六実の存在に気づいたようだ。篠塚の肩越しに目が合うと、驚いたように目を大きく見開いた。

「……王子」

ぼそりと呟く。「えっ」と六実が聞き返す前で、医者が恵に「階段から落ちて、意識を失っていたんだよ」と説明した。

「その辺りのことは、覚えてるかい？」

医者の問いに、恵は自信なげに「たぶん」と言い、再び六実に視線を移した。

「女から逃げていて、非常階段を駆け降りる途中で足を滑らせたんです。気づいたら、王子……この方が助けてくれて。その後は覚えていません」

「いや、俺は何もしてないですよ。高城さんが気を失った後、すぐに篠塚さんが現れたんです。救急車を呼んだのも篠塚さんだし」

キラキラした目で見つめられると、救急車が来るまでぼんやりしていた身としては罪悪感を覚える。それより、やっぱり六実のことを「王子」と呼んでいる。

「それでも心強かったです。ありがとうございました」

恵は丁寧に言って、頭を下げた。何だか、テレビで見る傲岸《ごうがん》不遜な彼とはずいぶん印象が違う。まるで別人のようだ。

「あの、俳優の高城さんなんですよね？」

だからつい、隣にいる篠塚に聞いてしまった。篠塚は六実の疑問にすぐに気づいたようで、小さく苦笑する。

「そうですよ。マスコミには色々と言われていますが、実際の高城はこの通り、腰の低い男です」

「はあ」

恵に状態を確認していた医者が、「今日はもう帰っていいですよ」と言った。

「でも一日は安静にして、もし何か異変があったらすぐに病院に来てください」

受付で会計をしてくださいと言われ、三人で診察室を出た。篠塚が拾っておいたニット帽を出して、恵はそれを目深に被る。

「剛志さん、明日はお仕事ですか」

受付に向かいながら、不意に篠塚が口を開いた。

「え、いえ……明日は休みです」

明日も何も、ずっと休みなのだが、咄嗟につまらない見栄を張ってしまった。

「あ、まだ電車もありますから、大丈夫ですよ」

帰りの時間を気にしてくれたのかな、と思い、そう言ってみる。恵はすまなさそうな顔をしたが、篠塚は六実の言葉を無視した。

「明後日は？　お仕事ですか」

「え？　あの、明後日も休みです」

「しあさっては？　さすがにお仕事ですよね」

決めつけるような物言いに、とうとう観念した。

「休みです。ずっと休みですよ。求職中なんです」

どうしてこんなことを聞くのだろう。恵の前で、恥ずかしい。ちらりと恵を窺ったが、よくわかっていない様子でにこっと微笑まれてしまった。

「ほう、求職中ですか。それはつまり、無職、ということですね」

なるべくその言葉を使わないようにしていたのに、篠塚はわざわざ言い直してくる。何の羞恥《しゅうち》プレイだ。

「ええ、そうです。無職ですよ。二十九歳の大の男が無職です。どうせ恋人もいませんよ」

自棄《やけ》になって余計なことまで言うと、「意外と年いってるんですね」と言われた。

「喧嘩《けんか》、売ってるんですか」

さすがにムッとする。篠塚は慌てた様子ですみません、と謝った。

「いやいや、無職は悪いことではないですよ。むしろ好都合です。剛志さん、うちで働きませんか」

「は……ええっ？」

この男、何を言っているんだろう。新手の詐欺《さぎ》か、とすら考える。

「いきなりすみません。でも、先ほどの高城の様子を見て思いついたんです。高城はこの通り、多忙な上にストーカー被害に悩まされて神経をすり減らしています。先ほどのような状態になることも度々ありまして。ところが、さっきあなたに会ったら高城の状態が安定しました。マネージャー補佐とか、付き人とか、そんな感じで高城の身の回りの世話をしてやってくれませんか」

「そんな感じで、って」

いくらなんでも適当すぎる。そもそも自分は、今日初めて出会った他人なのだ。そう言うと、篠塚は想定内の言葉だというようにうなずいた。

「仰るとおりです。ですが、身近な人間だから信用できるというわけでもない。先ほどからお話する限りでは、剛志さんは真面目な方のようです」

「いや、そう簡単に信用されても」

「もちろん、給料などの待遇面もきちんとします。お願いです。本当に困っているんです。ただでさえ高城は人見知りで、下手な人を付けても余計に神経をすり減らしてしまう。事務所は万年人手不足ですし、剛志さんより他に、いい人物がいるとは思えない。ほんの二か月、いや一か月……半月でもいい。どうかうちで働いてもらえませんか」

会社を辞めて再就職を目指してからこの方、ここまで熱心に「うちに来てくれ」と言われたことはなかった。不審でいっぱいだった心が、ぐらりと揺れる。

「でも、やっぱり無理ですよ」

揺れながらも、恵の身の回りの世話、というところに引っ掛かる。相手は憧れの俳優だ。嬉しくないわけがないのだけれど、夢みたいで現実感がない。だいたい、ポスターを見ただけでもきゃわーっ、となってしまうのに、実物を前にしてまともでいられるのだろうか。

困惑していると、傍《かたわ》らで状況を見守っていた恵が頭を下げた。

「俺も、王子に付き人になってほしいです」

「王子じゃなくて剛志なんだけど」

「剛志六実さんだよ」

篠塚が恵に教える。「剛志さん」と、切れ長の目が正面から六実を見つめた。

「さっきはありがとうございました。俺、怖くて混乱してて。剛志さんに『大丈夫』って言ってもらわなかったら、錯乱《さくらん》して階段から飛び降りてたかもしれない」

爽《さわ》やかに怖いことを言う。

「『俺が守る』って、カッコ良かった。キラキラして、王子みたいだった。ストーカーは怖くて死にそうだけど、あなたがいてくれたら大丈夫な気がするんです」

「ほら。恵がここまで言ってるんです。彼が素でこんなに長く喋るなんて、滅多にないんですよ」

「そんなの知りませんよ」

「お願いします、王子。いえ剛志さん」

「お願いします」

二人ににじり寄られ、退路を断たれた。

しかも恵は捨てられた犬のように、黒く濡れた悲しげな目で見上げて来る。憐《あわ》れみを誘うその姿に、六実はドーベルマンを思い浮かべた。

断耳をしていない、垂れ耳のドーベルマンだ。身体つきはキリッとして勇ましいのに、柔らかく顔にかかる耳が愛くるしい。

「……剛志さん」

小さく呟いた恵の声は、涙声だった。六実に見放されたら最後、死んでしまう。そんな悲愴《ひそう》感が漂っている。

キュン、と胸が引き絞られるように痛んだ。ここで断ったら、きっとこの先もずっと、捨てられた子犬の夢を見る。そんな予感がする。

「……わ、わかりました」

数秒の後、六実はヤケクソのように承諾を口にしていた。

「やってやりますよ。付き人でも何でも」

二人の顔が、ぱあっと輝く。篠塚はどうでもいいが、恵の笑顔に胸がときめく。彼の明るい顔が見られるならいいか、と、六実は遠い虚空を見つめながら思った。

会計を済ませて病院を出たのは、夜もだいぶ遅い時間だった。

六実は篠塚の車で自宅まで送ってもらうことになった。病院へは救急車で来て、車はショッピングモールに停めたままだったが、診察を受けている間、篠塚は別のスタッフに車を回させていたらしい。

面倒だから一度は断ったのだが、逃げられたらまずいとでも思ったのか、篠塚は頑《かたく》なに送って行くと言い張った。

「今後のことも、もう少しお話したいので。本当は場を改めたいのですが、我々もこの後、仕事が入っていまして」

恐ろしいことに恵はこの後、雑誌のインタビューの仕事が入っているらしい。本当はその日のうちに済ませるはずだったが、不意の事故でスケジュールが押した。明日は午後からCMの撮影。インタビューの時間が長引かなければ、家に帰ってベッドで眠れると二人が話しているのを聞き、ゾッとした。何ともなかったとは言え、恵は階段から落ちたばかりなのに。

帰りの車の中、後部座席で青ざめる六実に気づき、運転席の篠塚が慌てたように言った。

「大丈夫ですよ。剛志さんにそこまで帯同《たいどう》させることはありません。付き人というのは名目で、剛志さんにお願いするのは恵の生活面ですから」

家政夫のようなものだろうか。やったことはないが、家事は好きだし、勝手のわからない芸能界の仕事より、そちらの方が性に合っている。

「それでは、明日の夜、仕事が終わったら迎えに来ますので。それまでに簡単に荷物をまとめておいてください。多くなるようでしたら、さっき渡した名刺のメアドに連絡を。バンかトラックを手配します」

自宅のアパートに着き、車から降りる際に篠塚から言われ、えっと聞き返した。

「荷物って？」

「身の回りの荷物ですよ。このアパートから恵のマンションまでは、少し距離がありますし、時間も不規則ですから。通いより住み込みの方がいいでしょう」

さらりと言われて驚いた。住み込みだなんて、聞いていない。そう言うと、篠塚は少し困惑した顔になった。

「こちらから通われても構いませんよ。通勤用の車も貸し出しますが、この辺りは駐車場もないようですし。不便じゃないですかね。長期で契約していただけるなら、社宅も用意するんですけど……」

確かに、付き人という仕事の内容上、住み込みの方が合理的なのだろう。それでも、恵と一つ屋根の下なんて、精神が持つのだろうか。

だが逡巡《しゅんじゅん》する六実に、恵がおずおずと口を開いた。

「あの、うちのマンションはすごく広いんです。部屋数もあります。俺、あまり家には帰れませんし、帰っても剛志さんの邪魔にならないようにしますから」

「邪魔にならないように、って。高城さんちでしょうが」

彼はもしや、天然なのだろうか。

「お願いです。今、一人で家に帰っても眠れなくて」

「恵もこう言っていますし」

二人がかりで言われて、六実は観念した。それでも、ゲイなんかと同居させて、どうなっても知らないからな、と胸の内でぼやく。

「ありがとうございます。詳しい契約内容については、明日の夜に話をさせてください」

篠塚は、これで憂《うれ》いがなくなったと言わんばかりの晴れやかな笑みを浮かべ、恵は後部座席からペコペコとひたすら頭を下げ、車は去って行った。

ようやく自宅のアパートに帰った六実は、はあっと盛大なため息をついた。

未だに信じられない。自分があの、高城恵の付き人になるなんて。冷静に状況を飲み込めないままに、どんどんと流されていった気がする。これからどうなってしまうのか不安だったが、この期《ご》に及んで逃げ出すわけにもいかない。

色々あって疲れ切っていた。荷物をまとめたり、何日も家を開けるならすることは沢山《たくさん》あったが、明日の夜までまだ間がある。今日はさっさと寝ることにした。

ただ気がかりなのは、恵の言っていた、ストーカー女のことだ。寝る前にシャワーを浴びながら考える。

帰りの車の中で、恵はぽつぽつと、あの時の状況を説明してくれた。

恵は映画館での舞台挨拶を終え、次に入っていた雑誌のインタビューの時間まで、駐車場に停めていた事務所の車で仮眠を取っていたのだそうだ。目が覚めて篠塚のところへ戻る途中で、女が追いかけてきたのだそうだ。

恵があの時間、駐車場にいることは、篠塚を含めた事務所のスタッフ数人しか知らなかったそうだ。なのに女は現れた。状況から考えて、尾行していたとしか思えない。

『長い髪の女です。顔はいつも、髪の毛や帽子ではっきり見えないんです。今日はいつもより間近にいたんだけど、それでもわからなくて』

そう言った恵の声は、恐怖のせいかわずかに震えていた。可哀《かわい》そうだと思ったが、気になったのは篠塚の態度だ。

深刻なストーカー被害なのに、肝心のストーカー女について、積極的に恵から話を引き出そうとしていない。六実のいない時に聞くつもりなのかもしれないが、何となく、恵の身は案じても、女を捕まえようという気はないように見受けられた。

（明日、もっと詳しく話を聞こう）

つらつらと考えていたが、六実の意識はやがて眠りの底に落ちてしまっていた。

再び目覚めたのは、日も高くなった頃だった。

よく寝たせいか、疲れはすっかり取れていた。すっきりした気持ちで良く晴れた外の景色を見ながら、恵は今頃、仕事をしているのだと思い出す。あの後、少しでも眠れていればいいのだが。

起きると顔を洗い、洗濯と部屋の掃除をして荷造りを始めた。昨日使った、女装セットはウィッグなどの手入れをして、寝室のクローゼットにしまう。

「もう当分、使い道はなさそうだな」

何しろ、女装をしてまで会いたかった本人と、今日から仕事をするのだ。もう女子に紛れて追っかけをする必要もない。

そう考えると、今の状況がとても不思議に思える。クールで傲慢キャラだと思っていたのに、素の恵は頼りなげでぽやぽやした男だった。

「ぽやっとしてもカッコ良かったけど」

住み込みだというので、冷蔵庫の中身を片づけ、恵の出るテレビ番組を予約漏《も》れのないよう、入念にチェックした。

そうこうしているうちに夕方になり、早めの夕食を食べ終えたところで、篠塚がアパートの玄関まで迎えに来た。身の回りの物を詰めたスーツケースを引いてアパートを出ると、通りにはワンボックスカーがハザードランプを点灯させて停まっている。

スーツケースを後ろに入れて、篠塚に言われるまま後部座席に乗り込んだのだが、そこに恵がいてびっくりした。

「あれ、高城さん？」

こちらは勝手に、篠塚だけが迎えに来ると思っていた。ファンにでも見つかったら、騒ぎになるだろう。

車内でもサングラスをかけた恵は、黙ってぺこりとお辞儀をする。礼儀正しいが、昨日の頼りなげな様子とは打って変わって、テレビで良く見るクールな雰囲気を醸《かも》し出していた。

「長くは停めておけないので、きちんとしたご挨拶は後ほど」

篠塚もその辺りはわかっているようで、口早に言って車を発進させる。

「恵が張りきったお蔭《かげ》で、仕事が予定より早く終わりましてね。この子が早く、剛志さんを迎えに行きたいと言うもんだから」

それに恵が、抗議するように「篠塚さん」と声をかけたが、やはり昨日の彼とは感じが違っていた。昨日は、車の中で自分から色々と喋っていたのに、今は一言発しただけで黙り込んでしまう。ちょっとぶっきらぼうで冷たい感じがする。

どちらが本当の高城恵なのだろう。気になってちらちらと横目で恵を見ていたら、篠塚が気づいて「無愛想ですみません」とおかしそうに笑った。

「仕事用のキャラクターなんです。剛志さんもご存知の、生意気な俺様キャラですね。素の高城は昨日、ご覧いただいたとおりの性格なんですが、それではちょっと、イメージとして弱いということで。俳優は夢を見せる仕事だと、大物俳優も仰ってましたからね。外では常にこのキャラでいます。いつどこに、ファンやマスコミの目があるかわかりませんから」

昨日は不測の事態が起こって素に戻ってしまったが、いつも家の外では、常にクールなキャラを演じているのだという。ドラマで役を演じるならわかるが、カメラが回っていない場所でも演技を続けるなんて。

「それじゃあ気が休まらないんじゃないですか？」

「恵は今、特に人気が上り調子でして。アイドル並みに追っかけやパパラッチが増えるのも、やむを得ないところではあるんです」

車はそれから三、四十分ほど都内を走り、やがて一棟の高層マンションにたどり着いた。建物は真新しく、敷地内には緑が深い、公園のように広い庭がある。いかにも高級物件といった風情だ。六実はさっき出てきたばかりの古めかしい自宅アパートを思い出し、遠い目になった。

有名俳優と比べても仕方がないが、今さらに己が無職だということに哀切を覚える。

車は門をくぐり、そのままマンションの地下にある駐車場へと入った。ここまで来れば安心だろうと思ったのだが、恵はまだ、むっつりと黙り込んだままだ。車を停めた篠塚も、せかせかとトランクから六実の荷物を下ろしていた。

駐車場から乗ったエレベーターの中でも、二人は気の抜けない様子で、六実もつられてピリピリしてしまう。ようやく部屋に着いた時には、心底ほっとした。

恵も、玄関で靴を脱ぐまでは肩を怒《いか》らせ、ジーンズのポケットに手を突っ込んでいたのに、篠塚がドアを閉めて鍵をかけた途端、ふうっと大きなため息をついた。だらっと背筋が曲がり、猫背気味になる。

「疲れた」

気の抜けた声を出し、真っ暗な部屋の中に向かって「ただいま」と言っていた。脱いだ靴をきちんと揃えてから、啞然《あぜん》としている六実を見て、へにゃっとはにかんだ笑みを浮かべる。

「あの、無理を聞いてくださってありがとうございました。これから、よろしくお願いします」

礼儀正しく長身を二つに折り、深々と頭を下げる。目測を誤ったのか、玄関の靴箱に額をぶつけていた。ゴン、といい音がする。

「だ、大丈夫？」

「平気です」

「こんなところじゃ、落ち着かないだろう。早く中に入って」

呆《あき》れ顔の篠塚に追い立てられ、恵は部屋に上がった。浮かれたように小走りに廊下を駆けていく青年に、テレビで見るようなスマートな動きはない。その後ろ姿にそこはかとない鈍臭さを感じるのは、気のせいではないだろう。

六実も二人に促されて奥へ進んだ。室内もかなりの広さで、廊下の奥には六実の部屋がすっぽり収まりそうなリビングがあった。黒い革張りのソファと大型テレビが据えられ、その奥にはパーティーでもできそうな六人掛けのダイニングテーブルに、本格的なアイランドキッチンがある。

調度は高そうだしセンスもいいが、人の住んでいる気配のない、モデルルームのような室内だった。

「恵、君はお風呂に入って早く寝なさい」

篠塚が小さい子供を諭《さと》すように言うと、途端に悲しそうな顔になった。

「あの、でも、部屋の説明とかしないといけないし」

「それは私がするから大丈夫。これから、細かい契約の話をするんだ。さあ、早くしないと、貴重な睡眠時間が削れてしまうよ」

恵はあからさまにがっかりした様子だったが、すごすごと奥の部屋へ消えていった。しかしすぐにパジャマとバスタオルを持って現れ、

「剛志さん、今晩はずっといるんですよね」

と、おずおず聞いてくる。篠塚が安心させるように「住み込みだからね」と答えた。

「今日も明日も、ずっといるよ」

昨日の話では半月でいいと言っていたはずだが。しかしそれを聞いた恵は、ようやく落ち着いたようで、また礼儀正しくお辞儀をして、リビングを出ていった。

「すみませんね。落ち着かなくて」

六実にソファへ座るよう勧めながら、篠塚が苦笑交じりに言った。

「剛志さんが付いていてくれるのが、本当に嬉しいみたいで」

「でも俺、全く何もしてないんですけど」

ただ、階段に倒れていた彼に、声をかけただけだ。見ず知らずの他人に、どうしてここまで懐《なつ》いてくれるのだろう。

しかも恵はともかく、篠塚までもが初対面の人間を信用して、すぐさま家に上げるというのも気になる。こちらは履歴書すら見せていないのに。

ストーカー被害にあっているわりに無防備に思えたし、初対面の人間に闇雲に信頼されるというのは、何だか居心地が悪くて逆に不安だった。

六実がそのことを口にすると、篠塚はわかっている、というようにうなずいた。

「失礼ながら、雇用する側として剛志さんの以前のお勤め先に、確認を取らせていただきました。学生時代の先輩にヘッドハンティングされたとか」

「失敗しましたけどね。先輩も騙されたそうですが、その後は連絡を取っていません」

ざっと無職になった経緯を話したが、既に篠塚は聞いていたようだ。以前の会社の上司には何も言わなかったが、同僚には話していたから、前の職場には広まっていたのだろう。

「転職のことは残念ですが、元上司だと仰る方は、非常に優秀な営業マンだと褒《ほ》めておられましたよ。部下をよろしくお願いしますと。良い人間関係を築いておられたようだ」

「……そうですか。ありがとうございます」

思わぬ言葉に、胸が熱くなるのを感じた。新人の頃から世話になった上司だ。六実の就職が決まるようにと、後押しのために言ってくれたのだろう。勝手に飛び出して行ったのに、頭の下がる思いだった。

「履歴書では人柄まではわかり見えませんからね。そこら辺はカンに頼るしかありません」

それに、と言いかけて、篠塚はちらりとリビングの入り口に目をやる。それからわずかに声を落とした。

「ぶっちゃけた話をしますと、信用とか素性とかより、恵があなたを信頼しているというのが重要なんです。逆に恵が信頼を寄せてるなら、泥棒でも構わないというか」

「はあ」

「病院での、恵の様子を見たでしょう。あなたを見た途端に正気を取り戻した。いつもならもっとパニックになって、冷静になるまで時間がかかるんです」

言われて、非常階段や病院で見せた恵の様子を思い出した。確かに、目が虚《うつ》ろになっていてヤバい感じだった。

「よっぽどストーカーが怖いんですね」

ならば、その犯人を捕まえた方が良いのではないか。

六実が言うと、篠塚は「うーん」と唸《うな》って困った顔をした。

「そうできればいいんですけどね。彼女はなかなか、実態を現さなくて」

「何ですかそれ」

もしや、超自然的な案件なのか。慄いていると、篠塚は「いえいえ」と笑って首を横に振った。

「そういうんじゃないです。ストーカーの女性は実在します。今までにも何度か、複数のスタッフが目撃していますし。ただその、神出鬼没《しんしゅつきぼつ》なのと、あの通り恵がナーバスになっていて、今では木の影を見ても怯える有様なんです」

実際、女が外にいる、と恵に言われて篠塚が見に行くと、ただの撮影用の小道具だったりしたことが、何度もあった。

ストーカーはいるけれど、たぶんに恵の錯覚も含まれている。

「犯人ではないと説明するんですが、そういう時に限って、本当にストーカー犯が現れるみたいなんですね。私は実際に目にしたことがないんですが。恵にしてみれば、我々が気のせいだと宥めるのも、ただの気休めに思えるわけです」

最近では家でもよく眠れないようで、疲労が蓄積している。そうするとますますナーバスになり、いないはずの場所に女の影を見るようになる。悪循環だった。

このままでは恵が壊れてしまう。篠塚も、事務所の他のスタッフたちも心配していた矢先、昨夜の事件が起こった。

恵は女を見たと言うが、今回も現実なのか幻覚なのか定かではない。

「災難でしたね」

「ええ。でも、あなたに出会えたのは僥倖《ぎょうこう》でした」

言って篠塚は、満面の笑みを浮かべた。

「昨日、あなたと別れた後も、恵はまるで正義の味方のようにあなたの話をしていました。ピンチに颯爽《さっそう》と現れて欲しい言葉をくれた。それが救いだったのでしょう。これであなたがいい加減な人だったら困るのですが、幸いにも真面目な方のようで、これも幸運でした」

「いえ……恐縮です」

「しかも無職だというし」

一言多い。だがこれで、篠塚が初対面の六実に必死で来てくれと頼み込んで来たわけがわかった。

六実がいることが言わば、恵の精神安定剤になるというのだ。本当にそうなるのかはわからないが、篠塚たちにしてみれば、藁《わら》にもすがる思いなのだろう。

「ほんの一時、恵が安定するまででいいんです。彼に付いていてくれませんか。私や他のスタッフもフォローしますし、肩書は『付き人』にしますが、もちろんあなたに鞄持ちをしてくれとはいいません。できれば仕事にも来ていただきたいですが、最初のうちは家にいて、留守番をしてくれているだけでもいい。その間は何をしていただいても構いません。仕事を終えて帰ればあなたがいる、と思えば、恵も落ち着くはずです。もちろん、生活費は渡しますし、それとは別にお給料もきちんとお渡しします」

「そんなことでいいんですか」

何をさせられるのだと身構えていた六実は、拍子抜けした。

「恵の帰宅に合わせて、家にはいてもらいますが。恵の仕事の時間が不規則ですから、生活のリズムを合わせるのが大変だと思います。彼女とデートをするのもままなりませんし」

「今、恋人とは俺が無職になったのが原因で別れましたから、大丈夫ですよ」

彼女ではなく彼氏だったが。

「けど、熱心に口説かれた理由がわかって安心しました。そういう事情なら、ファンとして協力させてください」

本当に自分が恵の精神の安定に繋《つな》がるのかはわからないが、怯えて疲れ果てた恵が気の毒だった。六実がいることで少しでも良くなるなら、できる限りのことをしたい。恵には元気で色々な演技をしてほしい。

六実の言葉に、篠塚は安堵したように息を吐いて「ありがとうございます」と頭を下げた。

「ところで、昨日も伺いましたが、剛志さんもあの映画を見にいらっしゃってたんですよね」

「え、ええ。まあ。高城さんのファンなので」

男の自分が、一生懸命《いっしょうけんめい》チケットを取って若い男性俳優を見に行くなんて、おかしいだろうか。思わず口ごもると、篠塚はにっこりと微笑んだ。

「ありがとうございます。いえ、恵には男性のファンも少なくないんですが、ああいうイベントにはなかなか来てもらえないんですよね」

「女性が多いですからね。男性は肩身が狭いんじゃないでしょうか」

だから自分は女装してるんです、と言いそうになって、慌てて口をつぐむ。

その時、リビングのドアが開いて恵が戻ってきた。濃紺のパジャマを着て、濡れ髪をタオルで拭きながらリビングに入ってくる。

（ふ、風呂上り……）

不意打ちを食らって、六実は思わず固まった。まずい。高城恵のパジャマ姿なんて、破壊力がありすぎる。

恵は六実がそこにいるのを見ると、ほっとした顔をした。

「恵、疲れただろう。剛志さんはずっといるから、君は早く寝なさい。寝る前にちゃんと髪を乾かすんだよ」

篠塚が小さな子供を諭すように言う。時計を見ると、まだ大人が寝るには早い時間だったが、ずっと仕事だったのだ。早く寝かせたいのだろう。

「はい。おやすみなさい」

恵の顔には「眠くない」と書いてあったが、それでも素直に挨拶をして、寝室に消えて行った。

「いい子ですね」

あそこまで人気が出ているのだから、もっと天狗になって我がままを言ってもおかしくないのに、恵はとても素直だ。

「ええ。育った環境ですかね。今時珍しいくらい素直で、健《すこ》やかな子です。この仕事は色々ありますが、彼には業界の水に染まらず、あのままでいてほしいと思っています」

本来の恵と対極のキャラクターを常に演じているのも、イメージ戦略という理由の他に、普段から近寄りがたく難しい人物だと周囲に知らしめ、無用な接触を避けるためだという。

「それじゃあ、同業者の友達もできませんね」

ぽつりと漏らすと、篠塚は笑った。

「同業者はライバルですから」

そういうものなのだろうか。恵はそれで寂しくないのか、と思ったが、俳優業のことならば六実より篠塚の方がずっと事情をよく知っている。

「そうだ。部屋の説明がまだでしたね」

篠塚は思い出したようにぽんと手を打つと、部屋を案内してくれた。

中はゆったりとした間取りで、面積のわりに部屋数の少ない2ＬＤＫになっていた。六実に宛《あ》てがわれたのは玄関に一番近い部屋だ。日当たりは悪いが、広さは十分あった。

フローリングの床の上に、マットレスだけのベッドが置かれていて、他に家具は何もない。布団とシーツはクローゼットの中にあるという。キッチンもバスルームも、自由に使っていいと言われた。

「長期の雇用でしたら、家具を運ばせてもいいんですが。とりあえずは仮住まいということで、これで我慢してください」

篠塚が言ったが、特に不自由には感じなかった。さっき恵が消えていった、一番奥の部屋が彼の寝室で、あとは先ほどのＬＤＫ。六実の部屋の向かいにバスルームとトイレがあって、それで全てだった。

どの部屋も物が少なく、雑誌やモデルルームのように整頓されている。清掃業者が入っているのかと思ったが、それにしては床のそこかしこに埃が溜まっていた。

「では、私は一度帰ります。何かありましたら連絡をください」

帰り際、篠塚は玄関で「よろしくお願いします」と、六実に頭を下げた。六実も慌ててお辞儀をする。

「はい。頑張ります」

ドアが閉まるまでその姿を見送ったが、その時にようやく、篠塚もひどく疲れた顔をしていることに気がついた。俳優が多忙なのだから、それについているマネージャーも、同じように寝る暇などないのだろう。

(業界の人って、大変だなあ)

しみじみしながら、与えられた自分の部屋に入った。簡単に荷物を解き、ベッドメイキングをすると、もうやることはなくなった。

なるべく音を立てないよう、そっとキッチンに移動する。冷蔵庫を開けてみると、牛乳とミネラルウォーターしか入っていなかった。

電化製品をはじめ、調理器具も食器も十二分に揃っているのに、食べ物はほとんど見当たらない。一通り確認したが、出てきたのは賞味期限のあやしいシリアルだけだ。

普段は外で済ませているのだろう。キッチンはほとんど使った形跡がない。自由に使っていいと言われたから、明日は買い出しに行って自炊させてもらおうと思った。

(風呂に入って寝るか)

心の中で呟いてから、そういえばさっき、恵が風呂に入っていたのを思い出した。

これからは一つ屋根の下、高城恵の入った風呂に入り、同じシャンプーを使ったりしてしまうのだ。

(だ、だめだ。考えるな。考えたらまずい)

奥の部屋にいる美青年が、憧れの高城恵である、という現実を思い出すと、興奮と緊張で脳みそが爆発しそうになる。

あれは純朴な青年「恵」であって、人気俳優「高城恵」ではないのだと、必死で自分に言い聞かせた。

その時、唐突に恵の寝室のドアが開き、当人が顔を出した。

「あの……」

「は、はい。何かっ」

別に悪いことなどしていないのに、ついビクビクしてしまう。六実の勢いに、恵も一瞬、怯《ひる》んだように口ごもったが、やがてためらいながらも訥々《とつとつ》と言葉を発した。

「今回のこと、無理を言ってすみません。でも、引き受けてくれてありがとうございました」

真剣な表情で言って、ぺこりと頭を下げる。役の中ではあんなに滑らかに話すのに、素の彼はあまり喋るのが得意ではないようだった。よくつっかえる。

それでもきちんと礼を言う彼が好ましく、六実の心はじんわり温かくなる。同時に緊張も解けた。

テレビで見るようなスマートさはないけれど、素の彼は本当に、とてもいい子なのだ。

「いや、収入があるのはこっちもありがたいし。今日からよろしくお願いします」

六実が頭を下げると、恵もまた「よろしくお願いします」とお辞儀をしたが、部屋に引っ込むでもなく、ドアのところでソワソワしている。

「もしかして、眠れない？」

「は、はい。あの、もう少し起きててもいいですか」

六実の顔色を窺うように尋ねるから、苦笑してしまった。

「俺に許可を取らなくてもいいよ。ここは高城さんの家なんだから、俺に気を遣わないでください。人がいると落ち着かないなら、自分の部屋にいるから」

もしかして、よく知らない自分がいるせいで、落ち着かないのかもしれない。そう思って言うと、恵は慌てたように首を振った。

「人の気配があった方が、逆に落ち着くんです。ちょっと目が冴えちゃって」

「眠らないといけないって思うと、なかなか眠れないよね。そうだ、ホットミルク飲む？」

冷蔵庫に牛乳が入っていたのを思い出して言う。相手が驚いたように目を見開いたので、ホットミルクなんて子供っぽかったかなと心配になったが、恵はすぐ、嬉しそうにうなずいた。

「ホットミルク、好きなんです」

子供っぽいんですけど、と、はにかんだ笑みで付け足す青年が好ましい。六実もつられて笑顔になった。

「じゃあ、少し待ってて」

電子レンジで、二人分の牛乳を温める。熱々のマグカップを持ってリビングに戻ると、恵がソファの端に遠慮がちに座っていた。

もっと真ん中に座ればいいのに、と思うが、六実もまだ少し緊張している。カップを一つ、恵に渡すと、自分も反対側の端っこに座った。ソファの端と端、これくらいの距離が今はちょうど良かった。

「熱いから気をつけてね」

牛乳を温めすぎたので、カップを渡す時に注意したが、恵は「はい」と返事をしておきながら、すぐに口を付けて「あちっ」と慌てていた。

「だから言ったのに」

お約束の反応をする青年がおかしくて、つい笑ってしまう。恵は恥ずかしそうに顔をうつむけた。

「剛志さんには、カッコ悪いところばかり見られてますよね」

「カッコ悪くなんてないさ。一生懸命で可愛いと思うよ」

つい本音を言ってしまったが、ますますうつむいてしまったので、男に可愛いはなかったか、と反省した。

「昨日も言ったけど俺、本当に高城さんのファンなんだよ。君の舞台挨拶が見たくて映画館に来てたんだ」

女装してまで追っかけしているとは、さすがに恥ずかしくて言えないが。

「本当に？」

マグカップの中身を見つめていた恵は、それを聞いてぱっと顔を上げた。切れ長の美しい目で正面から見つめられて、どぎまぎしてしまう。

「あ、ああ」

恵はぱちぱちと目を瞬いていたが、すぐにシュン、と肩を落としてカップに視線を戻してしまった。

「じゃあ、がっかりしましたよね。人前ではカッコつけてるのに、本当はこんな奴で……」

幻滅したでしょう、といじけた声で言われ、六実は首を横に振った。

「驚いたけど、幻滅なんてしないよ」

慰めではない。驚きはしたけれど、幻滅なんてしない。

「テレビで見る君は、もうものすっ…………っごくカッコいいけど、ちょっと傲慢そうというか、クールだっただろ？　いい男だし若くて実力のある俳優なのに、やっぱり人気があると性格が悪くなっちゃうのかなって、邪推してたんだよね。こんなに好青年だなんて、思わなかった。高城さんがいい人で良かったよ」

触ると切れそうなキレッキレの高城恵も素敵だが、ホンワカ美青年もいい。演技なんかしなくても、素のままでも十分魅力的なのに。

……などなどと、大好きな高城恵への思いが溢れ、つい、力いっぱい語ってしまった。

唖然としたようにこちらを凝視している本人に気づき、はっとする。

「あ、ご、ごめん。魅力的だなんて、野郎に言われても困るよな」

「……いえ、嬉しいです。よかった」

フォローではなく、本当に喜んでいるようで、目尻が下がり、ふにゃっと泣き笑いのような顔になった。

「以前スタッフさんに、がっかりされたことがあったから」

恵のファンだという事務所の社員がいたが、恵が素の性格を見せると、がっかりした顔をされたのだという。相手は冗談のつもりかもしれないが、詐欺だ、と言われて悲しい思いをしたこともあった。

デビュー間もなくの主演映画で人気が出てから、そういうことが何度かあって、恵も人を幻滅させるのが怖くて、篠塚や一部のスタッフ以外の前では、常にあの不遜な人格で通すようになった。

「そんなの、勝手に幻滅させとけばいいんだよ」

思わず憤慨した。俺の恵君を傷つけやがって。いや、六実の物ではないが、大好きな恵を傷つける人間には腹が立つ。

「イメージ戦略なら仕方がないけどさ。俳優と演じてる役の人格は違うって、わかってるよ。それに普段の君だって、素敵だと思う。女性のファンなんて、そのギャップが可愛いって言うんじゃないかな」

本人のことを良く知らないくせに、思ってたのと違う、と本人に言うなんて、勝手すぎる。

「それで君が傷つく必要なんてない」

憤《いきどお》るあまり思わず口にしてから、はっと我に返った。

「ごめん。俺こそ、偉そうなこと言った」

まだ、普段の恵のことなど何も知らないのに。恐縮していると、恵は柔らかく微笑んだ。

「剛志さんは、やっぱり王子様だ」

「いや、王子は君だろ」

昨日もそんなことを言っていたが。六実が否定すると、恵は「じゃあ、ヒーローかな」と言った。どっちも恥ずかしい。

「女の人に追われて、階段から落ちたあの時、俺が守るって言ってくれたでしょう。すごくカッコ良かったです。ああ、この人がいるなら大丈夫だって思えた」

「いや、単に必死だっただけで。とにかく、高城さんの怪我が大したことなくて、良かったよ」

照れながら言うと、相手もはにかんだ顔で微笑んだ。

「恵って呼んでください。苗字だと、他人行儀だから」

恵君、と呼んだら、年下なので恵でいいです、と言われた。

「え、じゃあ、恵？」

恵は「はい」と、面映《おもは》ゆそうに微笑んで返事をした。

「俺のことも名前で呼んで。剛志って、言いにくいだろ」

「は、はい。六実さん」

低く滑らかな声に、名前を呼ばれる。その甘い声色に、ぞくりと背筋が震えた。恵は顔もいいけど、声も素敵なのだ。

「よっ、呼び捨てでいいよ」

感激に打ち震えながら言ったが、「俺の方が年下ですから」と微笑まれた。篠塚の仕込みなのか、その辺りはきっちりしているようだ。

「剛……六実さんが、いい人で安心しました」

無垢《むく》なその微笑みは天使のようだ。

「これから、よろしくお願いします」

こちらこそ、と頭を下げながら、六実はこんな天使と一つ屋根の下で、理性が持つのだろうかと、不安になった。

夢のようだが、夢ではなかった。

翌日、目覚ましが鳴るより早く目を覚まして、見知らぬ部屋に一瞬、驚く。瞬きを数回する間に、自分がどうしてここにいるのかを思い出した。

リビングで二人、ホットミルクを飲みながらしばらく話をしている間に、恵は眠ってしまった。

彼の手から空のマグカップを取ってみたが、姿勢よく座ったまま、すーすーと安らかな寝息を立てている。このままソファで寝かせたら風邪をひくかもしれない。

可哀そうだが一度起こすと、寝ぼけてフラフラする恵に肩を貸して、奥の寝室まで運んだ。よほど疲れていたのだろう。「おやすみなさい」と、気持ち良さそうな声で言い、ベッドに入るとモゾモゾ丸くなって、あっという間に眠ってしまった。

他の部屋と同じように、彼の寝室も広く、そして生活感が希薄だった。ベッドは長身の恵でもゆったりとできる大きさだったが、その上でじっと子供のように身を縮めて眠る姿を見ると、わけもなく不憫《ふびん》な気持ちになる。

果たして、この部屋は彼の好みで設《しつら》えられたのだろうか。そうではない気がした。

洗練されたモダン調のインテリアは、テレビの中の冷たい「高城恵」のイメージにぴったりで、純朴でちょっと鈍臭そうな素の彼にはそぐわない気がする。

とはいえ、出会ったばかりの六実がとやかく言えることではなかった。

まだ年若い恵が本性を偽って芸能活動をすることを、彼の家族はどう思っているのだろう。気になることは色々あるが、今はともかく、恵の精神が早く安定するよう、フォローをするのが自分のするべきことだ。

それからすぐに六実も床に就《つ》いて、早い時間に寝たせいか、目覚めたのは朝の六時だった。

自宅から持ってきたトレーニングウェアに着替え、昨日、篠塚から預かった鍵を持って外に出た。軽くストレッチをしてから、マンションの敷地を出てランニングをした。

学生時代は体育会系だったので、身体を動かさないと落ち着かない。この辺りはまだ土地勘がないので、速度を緩めてマンションの周辺を回り、一時間ほどして部屋に戻った。

軽くシャワーを浴びてから、音を立てないよう、拭き掃除だけしてまた外に出る。ランニングの時に見つけた、二十四時間営業のスーパーで食材の買い物をした。頼まれていないが、恵の分も買っておく。不要なら、自分で消費すればいいだけだ。掃除道具も買った。

篠塚はああ言ったが、やはりただ、そばにいるだけで給料をもらうのは気が引ける。そのうち、鞄持ちくらいはさせてもらうつもりだし、家にいる間は迷惑にならない範囲で家事など手伝おうと思っていた。

マンションに戻ると、既に恵が起きていた。

「六実さん？」

リビングからひょっこり顔を出した恵はシャワーを浴びていたのか、濡れ髪でしかも、上半身が裸だった。

「……っ」

取り乱して、スーパーの袋を落としかけた。

アクションなどをこなす仕事柄、鍛えているのだろう。無駄な部分を削ぎ落とした均整の取れた身体は、テレビや映画で何度も目にしていた。その肉体美には見る度に、きゃわーっと叫んだりゴロゴロ転げ回ったりしていたが、今さら驚くことではない。

しかし生の、しかもこんなにも至近距離で見るのは、臨場感があまりに違う。肩に掛けたタオルで無造作に髪を拭くと、鍛え上げられた上腕二頭筋《じょうわんにとうきん》が浮き出て見えて、六実は興奮のあまり脳の血管が切れそうになった。

このままでは死んでしまう。慌てて視線を逸《そ》らし、頭の中で九九を二の段から必死に唱《とな》えた。

「買い物に行ってたんですか？」

六実の邪《よこしま》な気持ちなど知らない恵は、惜しげもなく裸体を晒《さら》したまま近づいてきた。

「あ、ああ。君はもう起きたの？　まだ早いだろ」

聞くと、恵は恥ずかしそうにうつむいた。

「お腹が空いて目が覚めたんです。昨日は昼に食べたきりだったから」

「え、夜は何も食べなかったの？」

それなら夕べ、買い出しに行ったのにと、つい顔を上げてしまった。視線の先に恵の乳首があって、頭が真っ白になる。

「篠塚さんがお弁当を用意してくれたんですけど、食欲がなくて。それより早く帰りたかったし……六実さん、何か怒ってます？」

どうやら、パニックのあまり無表情になってしまったらしい。恵が不安そうな顔で覗き込んできたので、慌てて乳首から意識を遠ざけ、「いや、風邪ひくよ」と誤魔化した。

なるべく相手を見ないようにして、恵の脇をすり抜けキッチンまでたどり着く。途中で恵が「荷物持ちますよ」と言ってくれたが、やんわり断った。そんなことより、早く服を着てほしい。

食材を冷蔵庫や戸棚にしまっていると、ようやく恵がTシャツを着て現れた。

「お腹が空いてるなら、君も朝ご飯食べるだろ？　食材、沢山買い込んできたんだ」

「いいんですか」

よっぽどお腹が空いていたのか、恵は目を輝かせた。

「手の込んだものはできないけどね」

ご飯ができるのが待ちきれないのか、ダイニングテーブルからそわそわとこちらを覗き込んでいる。待たせる間に麦茶を出すと、嬉しそうに飲んでいた。

「食べ物のアレルギーとか、好き嫌いはある？」

「ないです」

元気よく答えて、和食でいいかと聞くと目を輝かせた。

「久しぶりだなあ。うち、朝はいつも味噌汁とご飯だったんです。炊き立てのご飯で猫まんまするのが大好きだった。でもいつも、ぬくご飯にもったいないって、ばあちゃ……祖母に怒られて」

「お祖母さんと一緒に住んでたんだね」

米を研《と》ぎながら、話の流れで何気なく問う。と、途端に恵の表情が曇った。

「俺がデビューする前に亡くなったんですけど」

「それは……残念だったな」

生きていたら、孫の活躍を喜んだだろう。

「祖母と二人で暮らしてたんです。両親は、俺が小学校に上がる前に亡くなったので」

麦茶のグラスの中にぽつりと放たれた言葉に、六実ははっとした。

「ご兄弟は？」

慰める言葉もなく尋ねると、恵は力なく微笑んで首を振った。

「兄弟も親戚もいません。うちはみんな、肉親の縁が薄いみたいで。母も早くに両親を亡くしましたし、父も母子家庭の一人っ子だったから」

両親は、交通事故で亡くなったのだという。それからは、父方の祖母に育てられたのだそうだ。

「うちのばあちゃん、すごい美人だったんですよ。若いころは、島でマドンナって呼ばれてて……」

恵はそこで、はっとしたように口をつぐんだ。

「あの、俺、事務所で作った『高城恵』のキャラクター設定ってのがあって。だから、本当のこと言うのは禁止されてるんです」

アイドルでもないのに、すごい情報統制だ。六実は安心させるように微笑んだ。

「誰にも言わないよ。篠塚さんとの約束で誓約書にサインすることになってるし」

「プロフィールは嘘じゃないんです。年齢も本当だし、出身は東京で。俺が育った島も、一応は東京都下だから」

慌てたように言い募《つの》る。というと、東京諸島だろう。咄嗟に大島《おおしま》とか八丈島《はちじょうじま》しか浮かばず、名前を出すと「そんな大きな島じゃないです」と恵は苦笑した。

「七津島《ななつしま》って、すごく小さな島なんです」

中学校の地理で習ったような気がするが、あまり思い出せない。後日、地図で確認したら、本当に小さな島だった。八丈島より遠い西側の、青ヶ島《あおがしま》よりさらに小ぶりな島だ。

「いいところだったみたいだね」

恵が「島」という時には、どこか懐《なつ》かしさと誇りのような色を声の中に感じる。話を向けると、恵は嬉しそうに微笑んだ。

「はい、すごく。今は過疎化が進んで、俺の小さい時よりもっと若い人がいなくなっちゃったけど。みんな親戚みたいで、でもカラッとしてて、いい人たちばかりでした。両親はいなかったけど、ばあちゃんと島のみんなに育てられて、寂しいと思ったことはなかった」

――でも、今は寂しい。

ダイニングテーブルから、リビングにある窓へと視線を向けた恵の表情がそう語っているようで、六実は不意にやるせなさを覚えた。

彼はまだ、二十三歳。プロフィールに嘘はないというから、デビューは二十歳の時だ。それよりも前に祖母を亡くし、恵は天涯孤独《てんがいこどく》の身となってしまった。故郷を離れ、見知らぬ土地で暮らす不安はどれほどだっただろう。

祖母の墓も、故郷の島にあるのだろうか。きちんと墓参りはできているのか。あれこれと考えが脳裏を過ぎったが、知り合ったばかりの自分が不用意に尋ねられることではなかった。

「君のお祖母さんなら、確かにすごく綺麗な人だっただろうな」

男らしい、けれど美しいとしか言いようのない横顔を見ながら呟くと、憂いを帯びた顔がぱっと正面を向いた。

「はい、そうなんです」

その笑顔が嬉しそうで、六実の胸はきゅん、と甘く切なく引き絞られた。

ご飯が炊けて、味噌汁と焼き鮭の他に、簡単な青菜の煮びたしを出すと、恵は猛烈な勢いで食べ始めた。

「家でちゃんとしたご飯を食べるの、久しぶりです」

六実が向かいの席でその食べっぷりに見とれていると、我に返った様子で恥ずかしそうにしたが、祖母の躾《しつけ》が良かったのか、食べ方も綺麗だった。

「普段の食事は、外食中心？」

「お弁当が多いです。忙しいのもあるけど、外で食べると人の目があるから落ち着かなくて。毎回、個室を取ってもらうのも気が引けるし。本当は家で自炊すればいいんですけどね。なかなか時間がないから」

「もしこの程度で良ければ、俺が作ろうか？」

どうせ、自分の分は作るつもりだったのだ。申し出ると、恵はぱっと顔を明るくした。

「本当ですか？　嬉しい。俺、本当は家で食事がしたかったんです」

食事を作るくらいで喜んでもらえるなら、六実も嬉しい。

「もしも味の好みとか、食べたいメニューがあったら、遠慮せずに言ってね。食事以外のことも。給料をもらうからには、きちんと仕事したいし」

ここに来たのは成り行きだが、一度やると決めたからには、給料に見合った働きをしたい。この寂しげな青年を見て、放っておけなくなったというのもある。

憧れの俳優だから、というのとは別に、故郷を出て健気《けなげ》に頑張る青年が少しでも安らげるように、自分も何か力になりたかった。

「他人同士が一緒に暮らすんだ。つまらない遠慮をしてたら、君がちゃんと休息できないだろ？　まあ、昨日来た男にいきなり言われても、困るかもしれないけどさ」

軽い口調で付け足すと、恵はごくんとご飯を飲み込んで、ほんの少しの間だけ、考え込むように茶碗の中をじっと見つめた。

「ご飯、すごく美味《おい》しいです。祖母の料理とは違うけど、懐かしい味がして」

ゆっくりで言葉は少なかったが、恵が自分の気持ちを考えて、口にしているのがわかった。美味しいと言ってもらえて、ホッとする。

それから二人で言葉少なに食事を終えた。会話はあまりなかったが、六実は気詰まりには感じなかった。

満腹になって眠くなったのか、食事を終えた恵は目をしょぼつかせ始めた。それでいて、リビングのソファで寝転んだりして、寝室に戻る気配はない。

「まだ時間はあるんだろ。寝てなくて大丈夫？」

今日は午後から、二時間ドラマの脚本の読み合わせだそうで、終わりの時間が不明瞭なスケジュールになっていた。

「眠いけど、寝室だと不思議と眠れなくて。人の気配があると落ち着きます」

「さあ寝ろって用意されたベッドより、寝るなって言われる場所の方が気持ちいいよね」

ベッドで寝る前の、何か物足りないような時間を思い出して、六実もうなずいた。

「じゃあ、眠くなったらここで寝ればいい。俺はしばらくキッチンにいるから」

恵の寝室から毛布を持ってくると、ぬくぬくと嬉しそうに包まった。

「もうちょっと話をしてもいいですか。俺、篠塚さん以外の人と普通に会話するの、久しぶりなんだ」

毛布から少しだけ顔を出して、上目づかいにそんなことを言う。仕草がちょっと子供っぽくて、二十三の男には見えなかった。

次の食事の下ごしらえや食器棚の整理をしながら、六実は恵に付き合うことにする。

「仕事ではあまり、人と話さないの？」

「必要なことと以外は。俺、現場ではツンケンしてるから、友達もできないんです」

篠塚の思惑通りというわけだ。しかし、しょんぼりしているところを見ると、恵も本当は友達が欲しいのだろう。

「でも、友達ができても、何を話したらいいのかわからないんだろうな。たまに新聞を読むくらいで、ネットもテレビも見ないから、世の中のことにはすごく疎《うと》いんです。六実さん、俺と話してて、つまらなくないですか」

「いや全く。俺だって別に、流行りの話題なんてあまり知らないしね。みんながみんな、気のきいた話をしてるわけじゃないさ」

別れた恋人とだって、さして重要な話をしていなかった。そういえば、相手の自慢話ばかり聞かされていた気がする。

「君と話すのは疲れないな。俺、君のファンだからさ。一緒に暮らしたりしたら、緊張して神経がもたないと思ってたんだけど。君が適度に緩いからだろうな」

「緩いって。……ひどい」

珍しく不貞腐《ふてくさ》れたような顔をするから、六実は笑ってしまった。ソファの上で恵はブツブツ言っていたが、不意に静かになる。キッチンから覗くと、恵はもう、安らかな寝息を立てていた。

やはり疲れているのだろう。六実は大きな音を立てないように簡単に下ごしらえを終わらせ、リビング以外の掃除をした。それから本を読んだり、うたた寝していると、あっという間に時間は過ぎた。

篠塚がやって来たのは、午後になるかならないかという、予定よりも早い時間だ。

恵がソファで寝ているのを見て、ちょっと驚いた顔をする。

「あの、こっちの方が寝やすいからと」

起こさないように、小さな声で言うと、篠塚もうなずいた。

「剛志さんに雇用条件の書類なんかを渡すついでに、様子を見に来たんです。大丈夫そうですね」

どうやら、ほぼ初対面の二人が上手くやれているか心配で、早めに現れたようだ。何だかんだ言いつつアフターフォローも怠《おこた》らない。有能なマネージャーなのだろう。

「どこでも、眠れてるなら良かった。もしかして、掃除もしてくださったんですか？」

「すみません。やることがなかったので、勝手にさせてもらいました」

「そうですか。いや、それはありがたい。一時は家事代行の業者も入れてたんですが、恵がストーカーの件でナーバスになってからは、控えていたんです。本人が気づいた時にやっていたみたいですが、なかなか手が回らなくて」

篠塚の反応に、六実もほっとした。それからキッチン前のダイニングテーブルで、篠塚から雇用条件や契約書などの書類を受け取っていると、気配に気づいた恵がゴソゴソと起き始めた。

「ああ、ちょっと顔色が良くなったね。眠れたかい？」

おはようございます、と礼儀正しく挨拶をする恵の顔を見て、篠塚は目を細めて喜んだ。

「朝ご飯を沢山食べたら、眠くなって。六実さんが作ってくれたんです」

ほう、と篠塚が感心したように六実を振り返るので、面映ゆかった。

「自分のついでだし、大したものじゃないんですが。ご迷惑じゃなかったら、必要な時は作ります」

「ああ、それはいいですね。ずっと弁当で、恵も飽きてたところだし」

恵が家で食事をできる時は、六実が作ることになった。給料泥棒では気が引けるので、できる仕事があるのは、こちらもありがたい。

それから恵は、仕事に出るために身支度を始めたが、これから家を出る、という段になって、途端に浮かない顔になった。

「大丈夫だよ、恵。昨日も、女は現れなかっただろう？　今日も君を一人にしない。トイレに入る時は、ちゃんと私が付いていく。中を確認するから」

恵の様子をすぐに見て取り、篠塚が励《はげ》ますように声をかける。彼らの後ろから、玄関へ見送りに出ていた六実は、「トイレ？」と首を傾げた。

「一昨日は、女が男子トイレにまで潜んでいたものですから」

「……駐車場の車の中で仮眠を取って、戻る途中で追いかけられたんじゃなかったでしたっけ」

聞いていたのと、ちょっと違う気がする。トイレ、と聞いてふと、何か自分が重大なことを忘れている気がした。

(男子トイレって)

「ええ。その仮眠を取っていた駐車場で車から出てきたところに、女が待ち伏せしてたんです」

「車から……?」

一昨日の記憶が脳裏を巡る。六実はヒールの靴ずれが痛くて、トイレを探していた。そこで、車から出てきた恵に出くわして——。

「一度は巻いたと思ったんですけど。トイレの個室に入ったら、その隣の個室にいて」

篠塚の言葉を引き取って、恵が応える。その顔にはくっきりと恐怖の色が浮かんでいた。

「え、あ、あれ?」

「隣でハイヒールを脱ぐ音がしたんです。俺、俺、本当に怖くて、叫んで逃げ出して……」

六実がうっかりヒールを落とした時、それと共鳴するように聞こえた、隣からの絶叫。

あれは、恵だったというのか。

「ってことは……え?」

「恵、怖いことは思い出さなくていい。今度は大丈夫だから。さあ、そろそろ行かないと。剛志さん、留守を頼みますね。終わったら連絡します」

女の話を強引に打ち切り、篠塚は恵を連れだってそそくさと出て行く。それに、自分がきちんと返事を返せたのかどうか、覚えていない。

恵をつけまわしていたという、謎のストーカー女。

「ストーカーは、俺か？」

突きつけられた真実に、六実は呆然《ぼうぜん》と玄関に立ち尽くしていた。

「どうしよう、どうしよう」

誰もいなくなったリビングで一人、六実は頭を抱えた。恵を脅《おびや》かすストーカー女が、自分だったなんて。

「俺の女装、そんなに気持ち悪かったのか」

自分では上手く女性たちに溶け込んでいるつもりだった。しかし実際は、ストーカー認定されるほど怪しかったのか。

「正直に言って、謝るべきか？」

不安定になるほど、恵を脅かしていたのだ。悪気はなかった、もう追っかけはしないと誓って、安心させるべきだろう。

だがそれには、女装をしていたことを打ち明けなければならない。その時の恵の反応を想像し、ごろごろとフローリングに転げ回った。

「ああああ」

そんなの恥ずかしい、もう死んじゃいたい。こうなっては付き人など続けるわけにはいかなかった。

『色々考えましたが、やはり自信がありません。付き人を辞退させてください』

篠塚には、そんな趣旨のメールを送った。直接話すと、また流されてしまいそうだし、恵は自分に至らないところがあったのではと気にしそうだ。二人に会わないまま、去ろうと決めた。これはこれで無責任だが、この際、仕方がない。

ただの趣味だと思ってやっていた行為が、人に迷惑をかけていた。それも大好きな人に。その事実を反芻《はんすう》し、また床を転がりたくなった。

二度と女装はしない。恵の追っかけもしない。今後は自宅で一人、ひっそりと彼の映画やドラマを見るだけにしよう。

荷物をまとめ、自分に与えられた部屋を掃除した。といっても、ここにいたのは一日だけだから、大して汚れてはいない。荷物もすぐまとめ終わった。

幸い、部屋はオートロックなので、預かったスペアキーは置いて出ていくことにする。

「一日だけだけど、結構楽しかったな」

素の恵は、びっくりするほどいい子だったし、食事を作っただけであんなに感激されて、嬉しかった。

「俺が女装して追っかけなんてしなければ……」

過去の自分を呪いかけたが、しかし、女装をして恵を追いかけていなければ、六実が今、ここにいることもなかった。

「うーん」

それでも、自分がこのまま、ここにいるべきではないのは確かだ。

未練を振り払い、荷物を持って玄関に向かう。その途端、携帯電話が鳴った。見れば篠塚からだ。出るべきか一瞬迷い、無視したが、電話は一度切れてまたすぐに鳴った。放っておくと、切れてまた鳴る。出るまで鳴らすぞ、という気迫が伝わってくる。怖い。

渋々電話を取ると、篠塚の地味顔に似合わぬ大声が聞こえてきた。

『辞退ってどういうことですか、剛志さん。今どこにいるんですか』

「恵のマンションですけど。これから出ようかと」

言いかけると、

『そのままそこにいてください。いいですね。自宅は知ってますからね。帰っても追いかけますよ。それどころか、あなたの部屋の前で「私を弄《もてあそ》んだのねって」って泣き喚《わめ》きますから』

ゲイの部屋の前で、それは全く洒落にならない。仕方なく、六実が荷物を置いて待っていると、思った以上の早さで篠塚が戻ってきた。

「どうしたって言うんですか、剛志さん。説明してください」

肩で息をしながら現れた篠塚は、恐ろしい剣幕で言った。六実が、お茶でも……と申し出ると、「それどころじゃないっ」と怒鳴られた。

「付き人の話、受けてくれたんじゃないんですか。掃除をして、ご飯まで作ってくれたのに」

「うう……」

もやし男にずけずけと言い寄られ、六実は座っていたソファの端に追いやられながら、小さく唸った。

「そういえば恵君は……」

「仕事に入りました。あなたからメールが来たのは、ちょうど局に着いた時だったから、焦りましたよ。別のタレントがトラブルになったと誤魔化して、飛んで帰ってきたんです」

「それは、すみませんでした」

まさか篠塚が、恵を置いて戻ってくるとは思わなかったのだ。またただ。また、恵に迷惑をかけている。うなだれていると、立ったままの篠塚が深くため息をつくのが聞こえた。

「恵は今が一番、大事な時なんです。揺るぎない人気があるように見えますが、休養なんてしたら、世間からあっという間に忘れられてしまう。こんなところで躓《つまず》いたりせずに、恵にはもっともっと、高みを目指してもらいたいんです。だって彼は、スターになるべくして生まれた男なんですから！」

くわっと、篠塚の目が通常の一・五倍の大きさに見開かれる。彼にこそスポットが当たっているような、すごい迫力だった。

「今の恵には、安心して寛《くつろ》げる環境が必要なんです。私、あなたを見た途端に大人しくなった恵を見て、ビビッと来ました。あなたなら恵に安らぎを与えることができる。心から彼を心配してくれるあなたなら。恵がスターなら、あなたは恵の心の母になるべくして生まれた男なんです！」

「そんなこと言われても、全然嬉しくないです」

どうせなら恋人って言われてみたい。いや、そういう問題ではない。

「ついさっきまで、むしろやる気でしたよね。いったい、この短時間で何があったんです？」

正直に言ってください、と篠塚は迫った。本当のことを言おうか迷ったが、いざ相手を目の前にすると、勇気が出なかった。六実は自分の情けなさに、唇を噛《か》んでうつむいた。

「……一人になって、我に返ったんです。早く就職しなきゃなって」

懸命に言い訳を捏造《ねつぞう》する。ちょっと苦しいが、他に思い浮かばなかった。

「お望みでしたら、正社員にしますが」

「で、でも俺、芸能事務所の仕事なんてわかりませんし」

「なるほど。まあ、いきなり来てくれって言ったのは私ですからね。戸惑われるのもわかります。堅実な企業で営業職をされてたんですから、焦るのも当然でしょう」

六実はこくこくとうなずいた。

「わかりました。ですが、こちらも困っていますし、あなたもすぐに仕事が決まるとは限りません」

なかなか痛いところを突く。就職活動を再開したところで、仕事が見つかるあてもなかった。

うっと詰まった六実の顔に、篠塚は指を三本、立てて見せた。

「今日から三か月。我慢してもらえませんか。三か月あれば恵の精神状態も安定すると思います。あなたにしても、このまま無職で就職先を探し続けるより、収入があった方がいいでしょう。何でしたら私が三か月の間に、伝手《つて》を使って堅気の就職先を見つけてきます」

「いや、でも」

何とも魅力的な申し出だが、自分はストーカー犯なのだ。どうにかしてここを離れなければ。断ろうと口を開きかけたが、雰囲気を察したのか、篠塚が言わせまいとするように畳みかけてきた。

「お願いします、剛志さん。あなたが必要なんです。恵をここで潰すわけにはいかない。

私は、彼をスターにすると、彼のお祖母さんと約束したんですから」

「お祖母さんと」

確か、恵が故郷を出る直前に亡くなったと聞いた。

「恵は『七津島』という島の出身でして。彼を見出して、デビューしないかとスカウトしたのは、実は私なんです」

篠塚が、数年ぶりの休暇を使って訪れた島で、恵を見つけた。一目でスターになると感じたという。

最初は恵も、芸能界なんか想像もつかないと言っていたし、祖母も反対していた。執拗《しつよう》に通い詰めて、とうとう祖母に「恵の気持ちに任せる」と言わせた。恵は祖母と離れたくないと言い、それなら一緒に来て、業界を経験した彼女に陰ながら恵を支えてくれないかと提案したのだ。

「経験？」

「恵のお祖母さんはもともと、演歌歌手だったんですよ。レコードデビューして間もなく、子供ができて田舎に引っ込んじゃいましたけど。私は祖父が演歌好きだった影響で、彼女の大ファンだったんです」

引退した彼女に会えないかと、そんな望みを密かに持って、七津島に旅行をしたのだそうだ。そこで出会った孫は、スターの資質を持っていた。運命を感じたという。

恵は、祖母が一緒に行くのならとようやく承諾して、高校を卒業と同時に祖母と東京に出て、デビューを目指すことになった。

「それからは二人とも、新しい生活を楽しみにしていたんです」

祖母と孫は、東京に行ったらあれもしよう、ここにも行こうと、楽しそうに計画を立てていたのだそうだ。

しかし、恵が卒業を間近に控えたある日、祖母は脳梗塞で倒れ、帰らぬ人となった。

「本当に突然でした。それまで何の兆候もなかったのに。しかし、恵は気づいてやれなかったと自分を責めて、ひどく落ち込んでしまって」

東京に行くのも止めると言っていた。

「でもね。私は静子《しずこ》さん……お祖母さんのことですけど、亡くなる数日前に、電話で彼女と話したんですよ」

孫をお願いします、と言われた。受話器の向こうで頭を下げている彼女が目に浮かぶような、真剣な声だったという。

もしかしたら、彼女自身は何か、虫の知らせのようなものを感じていたのかもしれない。

「静子さんは、自分が歌手をやめたことを後悔していませんでした。だが一度は憧れた世界に、孫が出ようとしてる」

歌手と俳優という違いはあれど、何か因縁《いんねん》めいたものを感じたのだろう。もしも本当に、スターになる資質があるというなら、叶《かな》えてほしい。

「一方で恵が不幸な思いをするなら、すぐに辞めさせて島に戻るとも言ってました。スターになるより、恵が幸せに暮らすことの方が、静子さんには大切だったんでしょうね」

篠塚はそのことを恵に話した。彼はしばらく考えていたが、やがて一人で東京に出ることを決意したのだという。

「お祖母さんの分まで頑張りたいって、そう言ってました。だから私も心に決めたんです。彼をスターにして、そして幸せな人生を送らせてやろうって」

篠塚がそこで「すみません」と呟き、眼鏡を取って目頭を押さえたが、六実の視界も潤《うる》んでよく見えなかった。

恵はどんな顔で、その言葉を口にしたのだろう。そして、孫を残して逝《い》かざるを得なかった静子を思うと、目の奥が熱くなった。

熱いものが零《こぼ》れそうになって、そっとうつむく。上から、涙声の篠塚の声がかかった。

「今のまま恵が辞めるのはあまりに中途半端です。ここで潰れたら、彼に残るのはトラウマと挫折感だけだ。だから、剛志さん。どうかお願いします」

ぐっと涙を拭《ぬぐ》って顔を上げると、篠塚が土下座をしていた。やめてください、と慌てて立ち上がったが、篠塚は額《ぬか》づいたまま聞いてくれない。

「私と一緒に恵を支えてください。三か月だけ。たった三か月だけでいいんです」

たったの三か月。六実はその言葉を反芻する。

今いきなり仕事を放り出して去るのは、あまりにも無責任だ。自分がここに居残って、恵が元気になってくれるのなら、その方がいいのではないか。そして三か月したら、その後はもう、彼を怯えさせないように、追っかけをやめる。

「……わかりました。それなら、三か月だけ」

六実が答えると、篠塚はようやく土下座をやめて、顔を輝かせた。

「ありがとうございます！」

良かった、本当に良かったと涙ぐまれて、六実も再び目を潤ませた。

「どうか、もう辞めるなんて言わないでくださいね。あなたが急に辞めたら、恵はああいう性格ですから、絶対に自分のせいだと思うでしょう。もう、立ち直れないかもしれない」

確かにその通りだ。ストーカーとして彼を追い込んだ上に、とどめを刺すところだったのだ。六実がやらなければいけないことは、恵から逃げることではない。彼を支えて、心の平安を取り戻すことだ。

「わ、わかりました。辞めるなんて言いませんから」

六実が力強くうなずくと、ようやく安心したのか、篠塚はテレビ局へと戻って行った。

「三か月、頑張ろう」

再び一人になった玄関先で、六実は決意する。それが自分がしたことへの罪滅ぼしでもある。

最初に勧誘された時は半月の約束だったのだが、いつの間にか三か月に伸びている。

しかし、六実がそのことに気づいたのは、しばらく経ってからのことだった。


それから改めて、六実の付き人生活はスタートした。

何となくまた、篠塚に流されたような気がしないでもないが、自分がしでかしたことを償《つぐな》うために、恵を支えようと決めたのだ。

とにかくできるだけのことをして、早く元気になってもらいたい。心が健康になれば、視線を感じることもなくなるだろう。そんな決意を秘めて開始した恵との同居生活だったが、これが予想外に楽しかった。

篠塚と相談し、恵の身の回りの世話をさせてもらうことにした。それで慣れたら、じきに仕事にも帯同させるという。後者は何をすればいいのかわからないが、恵の心の安寧のために、頑張るつもりだ。

家では、もらったスケジュールに沿って、眠っている恵を起こして食事をさせる。

恵が仕事に出かけたら、部屋の掃除。恵が帰宅するのに合わせて、食事を作る。時間はいつも不規則なので、その時々によって、がっつり食べられる物、胃に負担を掛けない物、と内容を変えた。

「昨日メイクさんに、最近肌が綺麗になったねって、言われました」

同居生活を初めて二週間ほど経ったある日、二人で遅い朝ご飯を食べていたら、カボチャの煮付けを頬《ほお》張りながら、恵が嬉しそうに話してきた。

食事を摂《と》る時はいつも、こうして一緒にテーブルを囲む。篠塚が加わることもあった。

仕事の時間があまりに不規則なので、これまでは一人で食べることが多かったのだそうだ。本当は寂しかったのだと、独《ひと》り言《ごと》のように呟かれた時には、胸が張り裂けそうになった。恵が望むなら、いつ何時であろうとも起きて待っていたい。

「俺、外ではあんなキャラだから、メイクさんもスタイリストさんも、いつもはあんまり、話しかけてくれないんです。でも今日は、何かあったんですかって聞かれて」

仕事で人に話しかけられたのがよほど嬉しいらしく、ウキウキしながら昨日の出来事を話していた。そんな彼を見ると、六実もほっこりする。

「確かに顔色も良くなった気がする。夜も眠れてるみたいだね」

今も、寝起きのすっきりした顔をしていた。睡眠時間を考えると正常とは言い難いが、短くてもきちんと眠れているのなら、以前よりはまだましだ。

「最近、例の女性の姿も見かけないんです。そのせいか、視線も感じなくなって」

女の話が出てきて、内心どきりとした。女は六実なのだから、現れるはずもない。

「追っかけをやめたのかもしれないな。それに元々ファンなんだから、悪気はなかったのかもしれない。君が迷惑がってるって気づいたのかもしれないよ」

自分のことなので、つい庇《かば》うようなことを言ってしまう。けれど、本当に悪気はなかったのだ。もう追いかけないし、決して危害は加えないから、怖がらないでほしい。

「そうでしょうか……」

恵はご飯を咀嚼《そしゃく》しながら、少しの間、迷う素振りを見せていたが、すぐに気持ちを切り替えて、明るい表情を作った。

「六実さんが言うなら、きっとそうですね」

無垢な微笑みが眩《まぶ》しい。最初の出会いのせいか、恵は六実を信じきっていて、一分も疑う様子を見せない。六実がこうだと言えば、全て信じてしまうのだ。それが少し危《あや》うげだった。

「あ、そうだ。今日は月曜日ですよね。六実さん」

「漫画だろ。わかってる。ちゃんと買っておくよ」

恵が目を輝かせて言うので、六実は苦笑しながら答えた。先週、何気なく少年漫画の週刊誌を読んでいたら、恵が興味を示したので貸したところ、夢中になってしまったのだ。続きが読みたいというから、月曜日になったら次の号が出るよと教えた。

聞けば、恵はあまり漫画を読んだことがないのだという。島には同年代の子供がほとんどいなくて、テレビゲームにもさほど親しみがない。小中学校はあったが、高校は島内にはなく、みんな高校は島の外に通う。日帰りできる距離ではないので、寮に入るか下宿するしかなかった。

恵は祖母と離れがたく、また経済的な理由もあって、通信制の高校に通っていたのだそうだ。お蔭で高校生になっても、同年代の友達はできなかった。趣味は囲碁と将棋だというから、若いのに渋すぎる。

それで、もっと漫画を読ませてやろうと、アパートにある自分の漫画を取りに行こうとしたら、篠塚に止められた。

『青年漫画はやめてください。麻雀漫画とか、おじさんの読むようなギャンブル系漫画誌はもってのほかです』

おじさんが読むような漫画を読んでいて悪かったな、と心の中で思ったが、口には出さなかった。六実はどちらかと言えば、青年漫画の方が好きだ。ガチムチの人情家ヤクザが活躍する漫画を読みながら、こんな胸板の男が現実にいたら惚《ほ》れるな、などと夢想している。

『恵に貸した少年誌を拝見しました。あれならギリギリ許容範囲ですが、他の雑誌はやめてください。最近は、少年誌でもエッチなのがありますからね。少女漫画もわりとエッチだからだめです』

『エッチって……』

恵はもう、二十三歳だ。成人向け雑誌だって堂々と買える年齢なのに、何を言っているのか。

『エロス関連の情報は厳格に統制してます。芸能界はただでさえ誘惑が多いですからね。今のところは忙しくて恋愛どころではありませんが、下手に色事に興味を持たれたら、どうなるかわからない。女にうつつを抜かして仕事を疎《おろそ》かにするようになったら……考えただけでも恐ろしいですよ』

だから、そっち系の情報は極力シャットアウトしているんだという。

そういえば、恵は様々なドラマや映画に出ているが、どれもあまり色っぽいシーンはなかった。せいぜいがキス止まり。それも軽く触れるくらいだったり、このあとベッドシーンなんだろうな、と匂わせる抱擁《ほうよう》の後、次のカットではもう朝になっていたりした。それもこれも篠塚をはじめとする、事務所の差し金なのかもしれない。

『あの、恵はもしかして童……』

『もしかしなくてもそうです。故郷にいた時も少子化で同年代の女子がいなかったそうなので、たぶん彼女がいたこともないはずです』

篠塚は胸を張って言ったが、あれだけの美形なのにもったいない。ひょっとするとファーストキスは、仕事で女優さんが相手だったりするのだろうか。

彼女などいたことがないと聞いて、嬉しい反面、不憫にも思う。おまけに漫画も自由に読めないのでは、あまりに可哀そうだ。

そのうち、篠塚に内緒で秘蔵の賭博《とばく》漫画を貸してやろう。六実は密かにそんなことを目論《もくろ》んでいた。

「今日はまた一日中、CMの撮影なんだっけ。明日が取材と顔合わせで、明後日から三日間のロケ、と。本当に休みがないな」

ダイニングテーブルの横に貼ったスケジュール表を見ながら、六実はぼやいた。この二週間、恵が丸一日休みだったことは、一度もない。その先の予定を見てもなかった。半日オフがせいぜいだ。

それでもまだ、テレビコマーシャルや雑誌の撮影が続いていて、ドラマや映画が入っていないから楽なのだと言っていた。しかし明後日からとうとう、新しいドラマの撮影が始まる。

基本的にはワンクール分だが、撮影が始まるとそちらにかかりきりになってしまうのだそうだ。しかもその合間に、他の仕事がちょこちょこと入る。

明後日からは、ほとんど家に帰れないかもしれないと聞いて、気の毒になった。

「そのことなんですけど」

スケジュールの話をした途端、恵が不意に箸を置いて、真面目な顔になった。

「あの、明後日からのロケ、六実さんにも付いてきてもらえないでしょうか」

「俺？」

ゆくゆくは現場に帯同してもらいたいと、篠塚も言っていた。ここ半月、すっかり家政夫の生活に馴染んでいたが、付き人という肩書がある以上、そちらをメインの仕事にするべきだろう。

「でも、ロケ現場では飯も作れないし。大丈夫かな」

いきなり素人が付いて行って、足手まといにならないだろうか。

「大丈夫です。食事はちゃんと出ますし、夜は宿で食べますから。六実さんは、そばにいてくれるだけでいいんです。篠塚さんは忙しくて、たまに俺が一人だけになる時があって。それで、その……」

まだ不安なのだ。けれどついさっき、六実の言葉にうなずいた手前、口にはできなくて、しどろもどろになっている。六実はふっと笑った。

「いるだけでいいなら、ついてくよ。けど篠塚さんが許してくれるかな」

篠塚はいつもニコニコしているが、恵の得にならないことは一切許容しない男だということも、この半月でわかってきた。

「許すも何も、六実さんに付いてきてもらおうって言ったのは、篠塚さんなんですよ。俺から頼む方が角が立たないって言うんで」

角が立たないというより、恵からの頼みごとを六実が断れないのを、彼も気づいているのだ。油断のならない男だ。しかしそれを表には出さず、にっこりと恵に微笑んで見せた。

「それなら問題ない。三日間ここにいても仕事がないし、一緒にいさせてもらうよ」

「ありがとうございます。良かった。例の女の人も不安だけど、今回は苦手な人と仕事が一緒だったから」

恵はホッとしたように言った。

「君が苦手って言うの、珍しいな。同じ俳優さん？」

家でも、その日にあった仕事の話はするが、監督の指示が細かくて何度も撮り直したとか、大道具がすごく凝っていたとかで、共演者やスタッフ個人についてはほとんど聞かない。話さないというより、話題にするほど彼らと接触がないのだろう。

水を向けると、恵はこれも珍しく、話すのをためらう素振りを見せた。

「上手く言えないんですけど。よく話しかけてくるんです。俺、いつもの演技をしてるのに全然気にしないんですよ。それも話す時にすごく触ってくるから、どうしたらいいのかわからなくて」

「触る……？」

ぴくりと、こめかみが震えた。芸能界にはそっちの人間が多いと聞くが、まさか。

「肩を組んで来たり、腰を抱いたりして、すごくフレンドリーなんです。篠塚さんに言われて、冷たく振る舞ってるんですけど。大先輩だから、あまり失礼なこともできなくて。距離感が掴《つか》めなくて苦手なんです」

それはフレンドリーと違う、と喉《のど》まで出かかったのを抑えて、何とか平静を装った。

「その人、なんて俳優さん？」

「葛和祐二《くずわゆうじ》さんです。前にもドラマで共演したことがあって」

「ああ、あの……」

モデル出身の二枚目俳優だ。年は六実より少し上くらい。恵の美貌には敵《かな》わないが、シリアスからコミカルな役まで幅広く演じている。

同時に、ゲイの間では「同類疑惑」の根強い芸能人でもあった。ゲイ同士は何となく気づくもので、「それっぽい」芸能人はゲイ同士の会話でよく名前が挙がる。

葛和祐二はその筆頭だった。マロンちゃんも、あれは絶対そうよ、と言っていた。やはり、「同類」だったのだ。

しかも、真面目そうでカッコいい人だなと思っていたのに、恵にセクハラをしていたとは。

(俺の天使を……許せねえ)

拳《こぶし》を握るとバキッと指が鳴って、恵が向かいで驚いた顔をした。

「あ、ごめんね。ちょっと関節が痒《かゆ》くて」

ははは、と笑って誤魔化す。

「ちょっと馴れ馴れしい人なんだな。会社にもたまにいたよ。うん。俺も付いて行く。そういう人って本人が断るより、周りがさり気なく引き離した方がいいんだよな」

六実の言葉に、恵は「そうなんですね」と感心した様子を見せた。

その日、恵を迎えに来た篠塚に、本人のいないところでそれとなく尋ねると、やはり葛和という男は業界でも「そっち系の人」で有名らしかった。しかも相当、手癖が悪いらしい。

「別に同性愛者なんて、珍しくもないんですけどね。男好きでも女好きでも、セクハラするのは困りものです。幸い、恵は気づいていませんけど、気づいてもどうにもできないんで、剛志さんが見張っていてくれると助かります」

篠塚は仕事の打ち合わせや下準備などがあるから、ずっと恵のそばにいるわけにはいかない。恵ほど多忙になると、他にも彼をフォローする事務所のスタッフはいるが、泊りがけのロケとなるとやはり、隙ができる。

「恵には指一本触れさせません」

「……ありがとうございます。でも、くれぐれも失礼はしないよう、気をつけてくださいね。相手は大先輩ですから」

鼻息荒く宣言する六実に、一抹《いちまつ》の不安を覚えたのか、篠塚にはそう釘を刺された。

(恵は俺が守る)

息巻いていたのだが、その翌日、ロケの前日になって篠塚から聞かされた情報に、思わず青ざめた。

「あ、恵と剛志さんは宿で同室にしてもらいましたから。よろしくお願いしますね」

翌日の荷造りをしていたら、仕事から帰って来た篠塚にさらっと言われた。

「え、篠塚さんが恵と同じ部屋じゃないんですか」

「私は東京で仕事があるので、恵をロケ現場まで届けたらトンボ帰りです。現場に戻るのは翌朝になるでしょうね。宿は温泉旅館ですが、内風呂のある部屋にしてもらいました」

「そ、そうですか」

ならば葛和祐二と恵が、同じ風呂に入ることもない。その辺りは篠塚も抜かりがない。六実も恵と別々に入れるので助かるところだった。

しかし温泉。されど同室。恵が浴衣姿で目の前を横切ったり、一緒に入りませんかなんて、無垢な瞳で言って来たりするかもしれないのだ。それはまずい。

『六実さん。擦りっこしましょう(背中を)』

と、裸で微笑んでくる恵が頭に浮かんで、「ああっ」と叫んでしまった。

「六実さん?」

ダイニングで六実が出した夜食を食べていた恵が、驚いて箸を取り落とす。篠塚にもぎょっとされ「大丈夫ですか」と言われた。

「すみません。初めての撮影現場なんで緊張して」

「心配ありませんよ。現場は恵が慣れてますから。剛志さんはその場にいてくだされば」

そして葛和祐二を撃退してくれれば。恵に見えないところで、篠塚が目配せした。

「が、頑張ります」

篠塚が帰ると、恵は風呂に入ってすぐに寝室に引っ込んだ。翌日は早朝から出発だ。六実も彼と入れ違いに風呂に入る。

（まずいな）

浴室に入ると、シャワーを浴びながら考える。下半身を見ると、ペニスがやんわりと勃《た》ちかけていた。

このマンションに住み込むようになってから、ろくに自慰もしていない。恵の留守中、必要に駆られて何度か処理したのだが、人の家で自慰をするのは何とも落ち着かない。できればしたくなかった。

（でも、抜いておいた方がいいよな）

これから二泊三日、恵と同じ部屋で寝起きするのだ。溜まったままで行って、とんでもないことになったら困る。

（恵は……寝てるか）

今日も疲れたと言っていた。最近はベッドでも普通に眠れるようで、寝入りも良好らしい。寝室から出て来ることはまずないだろう。

そう考え、六実はゆるゆると自分のペニスを扱《しご》き始めた。シャワーのお湯を流しながらしばらく刺激を与えていると、だんだんと射精感がこみ上げてくる。だが、なかなか達することができない。

何かいやらしいことを想像しようとするのだが、その度に恵の姿が目に浮かぶのだ。

彼をネタに自慰をするのは後ろめたい。まだ彼の一ファンだった時だって、心の王子を汚したくなくて、恵をおかずにするのは禁じていた。

（恵はまずい。だめだ）

しかし、他のことを考えようとすればするほど、頭が冴えてしまう。しばらく擦ってみたが、どうにもならなかった。

「くそ……後ろ使うしかないか」

何が足りないのか、本当はわかっていた。恋人と別れてからはアナルセックスをしていないが、元々自分の家で自慰をする時は、いつも後ろを使うのだ。だが人の家で、それも恵のマンションでするのはためらいがあった。

とはいえこのままでは、いつまで経っても射精できそうにない。ソロソロと後ろに指を這《は》わせると、窄《すぼ》まりが期待にきゅんとひくつくのがわかった。

浴室のタイルに膝《ひざ》をつき、浴槽の縁に摑まると、大きく尻を突き出してゆっくりとアナルを弄《いじ》る。

そこを異物で擦られることに慣れた、浅ましい自分の身体が厭《いと》わしい。自己嫌悪に陥りながらも、肉襞を指先で少しつついてやると、それだけで萎《な》えかけたペニスは再び勃起した。しばらく使っていないそこは、広げると少し痛みがあったが、やがて指を柔らかく飲み込んでいく。

「は……ん……」

ぬくぬくと襞を擦り、自分が感じるところを指の先で押し上げる。たまらない快感が電流のようにビリビリと身体を駆け巡った。もう片方の手で前を弄ると、あっという間に射精した。

「あ、どうしよう。まだ……」

排水溝に流れていく欲望を眺《なが》めながら、とろりと呟く。普段なら、一度出せば冷静になれるのに、まだ身体の奥が燻《くすぶ》っていた。

一度火のついた欲望に抗《あらが》えず、六実は浴室のドアに尻を向けたまま、夢中でアナルを弄り続けた。

「ん、ん……っ」

大きな浴室に、声が響く。恥ずかしさに唇を噛むが、それすらも刺激になった。

「んっ、ここ……欲しい……」

指ではなく、もっと太くて熱い物が欲しい。恵のペニスはどれくらいの太さなのだろう。

「……っ」

ふと頭に想像を上らせた途端、前が弾けた。

(やっちまった)

二度目の射精に肩で息をつきながら、心の中で呟く。とうとう恵で射精してしまったことに、激しい罪悪感が込み上げてきた。

同時に頭が冷静になって、自分がずいぶん長い間、浴室にこもっていたことに気づく。

後ろめたい思いを洗い流すように、急いでシャワーを浴び、湯船に浸かることなく浴室を出ようとした。

「あれ?」

ドアがうっすらと開いている。入る時に、しっかりと最後まで閉めなかったのだろう。

「うー、俺のアホ」

迂闊《うかつ》な自分を叱《しか》る。恵が寝ていて良かった。万が一、自慰の現場を見られたりしたら、しかもアナルで射精しているのを知られたら、恥ずかしくて顔を合わせられない。

「これからはもっと、気をつけよう」

ブツブツ独り言を言いながら風呂を出て、自分の部屋に戻る。

しかし布団を敷いて床に就き、明日のことをつらつらと考える頃には、浴室のドアが開いていたことなど、もうすっかり忘れてしまっていた。


翌朝、六実が寝室を出ると、恵は既に起きてリビングにいた。

「おはよう。早いね」

最近、睡眠が深くなってきたという恵は、日に日に寝汚くなっていくようで、六実が叩き起こしてもなかなか目を覚まさない。そのくせ、布団を剝《は》いで叱ると、なぜか幸せそうな顔をして、ようやく起きるのだった。

珍しいなと思いつつ、朝ご飯の支度をする。起こす手間は省《はぶ》けたが、早朝の出発で慌ただしいのは変わらない。

手早く作ると、ダイニングテーブルに座る恵が、ぼうっとしているのに気づいた。

「どうした、眠いのか？」

昨日も早く寝たとは言えないから、やはり眠いのだろう。ぼんやりした恵の顔を覗きこむと、一瞬後に目が合った。

「……っ」

途端、恵は慌てたようにのけ反る。椅子ごと倒れそうになって、六実は慌てて肩を摑んだ。

「おい、大丈夫か」

「う、へ、平気です。すみません、いただきます」

言って味噌汁の椀を取ろうとして、つるっと手を滑らせた。隣の出汁巻き卵の皿が味噌汁まみれになる。

「すみません！」

まるで国宝級の皿でも割ったような、悲愴な顔になるので、六実は笑って自分の皿と取り替えた。

「もしかして、具合でも悪いのか？」

何だか顔が赤い気がする。風邪でも引いたのだろうか。心配になったが、六実が言うと恵は千切れそうなほど首を横に振った。

「昨日はちょっと、よく眠れなくて」

「そうなのか」

ロケ先に、ストーカー女が出ることを気にしているのだろうか。罪悪感に六実もそれ以上、突っ込むことができなかった。

二人で静かに朝食を食べていると、やがて篠塚が迎えに来た。

「剛志さん、今日から三日間、よろしくお願いしますね！」

忙しい人なのに、彼は今日も朝から元気である。一人で気まずい思いをしていた六実は、飄々《ひょうひょう》とした眼鏡の登場に、少しほっとした。

準備が整うと、ロケ現場に向かうワンボックスカーに乗り込む。その間も恵は、どこか上の空だった。

「恵、大丈夫？」

助手席に座った六実は、ちらりと後ろを振り返り、うつむき加減でぼんやりする恵に声をかけた。やはり、いつもより元気がない気がする。

「どうかしたの、恵」

六実が様子をうかがったので、篠塚も気づかわしげにバックミラーを覗いた。

「なんでもないです。ちょっと寝不足で」

慌てたように恵が答えるが、心ここにあらずというか、すぐにぼんやりしてしまう。朝は食欲もあったし、顔色も悪くないが、ひょっとしてロケで緊張しているのだろうか。

それでもしばらく経つと、後ろから静かな寝息が聞こえてほっとする。

車はしばらく高速道路を走り、関東の外れの山奥に入って行った。こんなところに宿があるのか、というくらい何もない砂利《じゃり》道をガタガタと進んで、たどり着いた先には民宿に毛が生えたような、鄙《ひな》びた旅館が建っていた。

他には何もない。今回の撮影のために、宿を貸し切って撮影ベースにしたと篠塚が説明してくれたが、貸し切らなくても客は来ないのではないか、というようなボロい旅館だ。

こんなところに人気俳優たちを寝泊りさせて大丈夫か、と心配をしたが、恵は宿の外観を見ても気にしていない様子だった。

宿には既に機材が持ち込まれていて、玄関口にはスタッフらしき人影がちらほら立っていた。

「おはようございます」

入り口近くにいたスタッフたちに向かって、恵ははっきりとした張りのある声で挨拶をし、頭を下げた。俺様バージョンの彼が、こんなに礼儀正しく挨拶するとは思わなかったから、びっくりする。

「仕事では礼儀正しくするようにと言ってあります。そういうことにはうるさい業界ですからね」

隣にいた篠塚が、小声で教えてくれた。

恵を見た局側のスタッフたちも、慌てて居住まいを正し挨拶を返してくる。そのうちの一人がドーモドーモ、と頭を下げながら近づいてきて、恵たちを宿の部屋に案内してくれた。

「内湯のある部屋と、お隣にもう一つ取りましたが、こちらはちょっと狭い部屋で」

部屋に向かう途中、男性スタッフが申し訳なさそうに言って、黙り込んだままの恵をチラチラと心配そうに窺った。篠塚が鷹揚《おうよう》に微笑む。

「ありがとうございます。私は今日は東京にトンボ帰りですから、問題ありません。今夜は高城と、付き人の剛志が泊まります」

男性がこちらを向いたので、六実も頭を下げた。

「へえ。美形ですねえ。ちょっと薹《とう》が立ってるけど。俳優志望の方ですか」

感心したように目を瞠《みは》ったが、後半が余計だ。おまけに社交辞令だったのだろう。こちらの返答も待たずに別の話題に移っていた。

男性の話では、他の出演者も既に、宿に到着しているらしい。部屋には荷物を置いただけで、すぐに一階の食堂に集合しなければならなかった。

三人で食堂に向かうと、スタッフに混じって見覚えのある俳優や女優がいる。本当に撮影現場なんだなあと、今さらに六実は感心した。

「高城君。久しぶりだね！」

スタッフと談笑していた俳優の一人が、こちらに気づいてテンションの高い声を上げる。

葛和祐二だった。どーも、と恵が気のない返事を返すと、葛和は談笑の輪から離れてずかずかと近づいてきた。他の出演者たちはテレビで見るより小柄に感じたが、葛和はモデル出身だけあってかなりの長身だ。並ぶと恵と同じくらいだった。

「元気だった？　高城君、飲みに誘っても全然来てくれないんだもんな」

言いながら、親しげに恵と肩を組む。体育会系のノリにも見えたが、やはり恵を見る目が不穏である。そんな恵は「忙しいんで」と素っ気なく返すが、内心で戸惑っているのか、傲慢さにキレがない。

「大丈夫？　ちょっと痩せたんじゃないかなあ。篠塚さん、働かせすぎなんじゃないの」

心配をするような口ぶりで、サワサワと恵の腰をまさぐっている。正拳突きを食らわせてやりたくなったが、恵の立場を考えてぐっと思いとどまった。拳をひいて、代わりに足を一歩前に出す。あえてキラキラした表情を作り、二人の前に出た。

「葛和祐二さん。あの俺、前から葛和さんのファンだったんです。サインください」

ちょっとわざとらしかったかもしれない。葛和が、何だこいつ、という顔で六実を見る。そこへすかさず、篠塚がフォローに入った。

「やめなさい剛志君。困るんだよ。仕事中にサインをせがむなって、あれほど注意したでしょ？　すみませんね、葛和さん。彼、ちょっとミーハーで。あ、彼、新しい恵の付き人です」

捲《まく》し立てながら、葛和にずいずい近づいていく。その勢いに押されて、葛和も恵から腕を離した。

「初めまして。剛志六実と言います」

六実も精一杯キラキラした表情を作って、恵と葛和の間に割って入る。演技が臭いのは、素人なんだから仕方がない。とにかく恵を守るためだ。

「へえ。何か、付き人さんぽくないね」

葛和は束の間、怯んだようにこちらを見たが、すぐにじろじろと六実を眺めてきた。その視線が値踏みをするようで、やはりこいつは同類なんだろうなと漠然と思う。

「じゃ、今日からよろしく」

恵の肩を馴れ馴れしく叩いて、輪に戻っていく。六実はほっと胸を撫で下ろした。

篠塚が六実にだけ見えるように、ぐっと親指を突き出す。恵がちらりと六実を見たが、今は人前だからだろう、何も言わなかった。

それから間もなくスタッフ全員が揃い、監督らの挨拶や日程の説明がされた。初日の今日はリハーサルだ。

挨拶と打ち合わせの後、わずかな休憩を挟んで、すぐにリハーサルが行われる。出演者やスタッフがロケ現場に出て、立ち位置などを打ち合わせながらリハーサルもするようで、目まぐるしく変わっていくシーンに、六実は何が何だかわからなくなった。

恵も監督に色々と言われていたが、メモを取らなくていいのだろうかと不安になる。隣で一緒に見ていた篠塚に尋ねると、専門の記録係がいるから大丈夫ですよ、と言われた。

スクリプターと呼ばれる記録担当者がいるらしいのだが、想像以上にスタッフが沢山いて、誰が何をしているのか、素人にはよくわからない。

他の役者もそうだが、複雑な進行にも戸惑った様子もなく動く恵に、感心した。

「ドラマの撮影って、こんな風になってるんですね。すごいなあ」

「その反応、新鮮だなあ」

不意に、篠塚と六実の間を割るように、にゅっと葛和が現れて息をのんだ。

「か、葛和さん？」

取り敢えずの出番が終わった葛和は、さっきまで同じく出番の終わった共演者と雑談していた。いつの間に移動してきたのか。

「剛志君だっけ。君、役者志望じゃないの？」

そんなことを言いながら、馴れ馴れしく肩を組んでくる。この男は肩を組まないと喋れないのか。しかし、先ほど中年の役者と話していた時は普通の距離だった。

「違います。ズブの素人です。何も知らなくて、お恥ずかしい」

「へえ。俺には付き人なんていないけど、そういう人って、みんな下積みなんだと思ってた。君、すごいイケメンじゃない。見かけによらず、体つきもしっかりしてるしさ」

腹筋もすごいね、などと言いながら腹の辺りにまで手を滑らせてくる。

「いやあ、それほどでも」

六実は笑って、さり気なく身体をずらした。葛和は二枚目だが、やっぱりその気もない相手に、身体を撫でられるのは嫌な気分だ。こんな真似を恵にしていたのか。

葛和の指を、一本残らずへし折ってやりたくなった。

「あ、高城君だ。高城くーん」

右手で六実を触りながら、恵に左の手を振る。顔を上げると確かに恵がこちらを見ていた。ちょうど監督やプロデューサーが何やら打ち合わせをしている最中で、他のスタッフや出演者は小休止している。

表情のない恵は、葛和に向かって小さく会釈だけすると、ふいっと視線を逸らした。

「相変わらず、高城君はクールだなあ。でも、どんどんカッコ良くなってくよね。俺なんか霞《かす》んじゃいそう」

声の端に僻《ひが》んだような、暗いものを感じる。葛和がどんな顔をして言っているのか、気になって振り返ろうとしたが、首をひねると相手と顔が触れ合いそうな距離だったので我慢せざるを得なかった。

篠塚に助けを求めたが、ちょうどいい生贄《いけにえ》ができた、と言わんばかりにニコニコしている。助ける気はないようだ。

(気持ち悪い。けど、これはこれでいいのか？)

六実が犠牲になれば恵が助かるのなら、現場に出てきた甲斐がある。仕方なく、その後も葛和のセクハラを甘んじて受けることにした。

リハーサルは夕方、辺りが暗くなる頃にようやく終わった。役者は明日の朝まで自由時間になる。

六実はただ、傍らで見学していただけだったが、緊迫した場で長時間拘束されたせいか、ずっしりと身体が沈むような疲れを感じていた。あんな現場で常に仕事をしている恵をすごいと思う。

その恵も相変わらず無表情で不愛想だったが、顔には疲れが滲んでいた。役でも演技をして、カメラが回っていない時でも気を張っているのだから、彼は他の役者よりもずっと、精神的疲労は大きいはずだ。

「高城君。これから山を下りて飲みに行くんだけど、高城君も行かない？」

部屋に帰ろうとしたところで、葛和がまたもや恵に近づいてきた。六実にもさんざんセクハラをしたくせに、本命はやはり恵なのか、リハーサルの合間にも頻繁に絡んでいた。

「すみません、葛和さん。高城はマネージャーから飲みに行くの禁止されてますんで」

六実が慌てて二人の間に割って入る。篠塚はリハーサルが終了する少し前に、東京に戻ってしまっていた。くれぐれもよろしくお願いしますと言われている。

「えー、そうなの？　じゃあ六実ちゃん、一緒に行こうよ」

六実ちゃんて誰だ。愛想笑いのし過ぎでこめかみがピクピクする。それでも恵のためだからと、表情筋をめいっぱい活躍させて笑顔を作った。

「いえ俺は、高城の付き人なので」

「別に、一緒にいてもやることないんだから、いいだろ」

痛いところ突いてくる。確かに六実は、ここにいてもやることがなかった。ただぼーっと見ているだけだ。飲み物などの手配も、テレビ局側のスタッフが甲斐甲斐しく回ってくれるから、ここに来てからは本当に何もしていない。

どう断ったものかと悩んでいると、いつの間にか六実から離れて旅館の入り口にいた恵に、「六実さん」と、冷たい声で呼ばれた。

「腹減ったんだけど」

その顔には苛立《いらだ》ちを滲ませている。本当の恵は空腹くらいで怒ったりはしないので、葛城から離れる口実を作ってくれたのだ。

「は、はい。今行きます。葛和さん、すみません」

誘っていただいたのに申し訳ないと、一応、葛和を立ててから恵の元へと駆け寄った。

去り際、後ろから声が聞こえた。

「やっぱり、高城って感じ悪いな」

葛和ではない、彼と一緒にいた別の共演者の声だった。デビュー三年目の若手が誰にも馴染もうとしないのだから、それは当然の批判なのかもしれない。

距離からして、その声は恵にも聞こえただろう。だが彼は、気にした風もなく部屋へ去っていく。その態度は確かに、素の恵を知る六実ですら、ふてぶてしく思えた。

（でも今のは俺をかばってくれただけなんだ。本当の恵は、ものすごくいい奴なのに）

きっと今までも、こういう心ない言葉を受けてきたに違いない。真っ直ぐで優しい青年だから、傷ついただろう。本当の彼を知っている者としては、どうにも歯がゆかった。

部屋に戻ってドアを閉め、六実が内側から鍵をかけると、恵は背中を丸めて大きく息を吐いた。

「お疲れ様。さっきの、気にするなよ」

「さっきの？」

「いや、あの共演者の人たちの……」

きょとんと聞き返されたので、余計なことを言ったかと言葉を濁《にご》したが、やはり先ほどの心ない声は耳に届いていたようで、ふにゃりと表情を崩した。

「大丈夫。もう慣れたから」

悲しい顔で微笑む。慣れるはずがない、傷ついてないわけがないのに、そんなことを言う恵に胸が引き絞られそうになる。

目頭が熱くなって、六実は思わず恵を抱きしめていた。恵の方が身長が高いから、しがみつくようになってしまったが。

ファンにもなったのだ。

「む、六実さん？」

「俺は、俳優の君もプライベートの君も、大好きなんだからな」

ファンだし、こうして本当の彼のことを知って、人としての恵も好きになった。こちらが思っていた以上の努力と苦労が、高城恵という俳優の裏にあったのだと知り、ますますファンになったのだ。

六実一人がそんなことを言っても、慰めにならないかもしれないが、言わずにはいられなかった。

「ありがとう、六実さん」

上から柔らかな声がして、顔を上げると恵が少し目を潤ませていた。

「本当は悲しかったんだ。でも、今ので元気が出た」

「よかった」

言うと、恵が輝くような笑顔を浮かべる。その美貌に見とれてから、六実は自分が彼に抱きついていたことを思い出し、慌てて手を離した。

「ああっ、俺、ごめんっ」

「えっ、いえ」

決してやましい気持ちからではなかったが、ちょっと馴れ馴れしすぎた。恥ずかしい。

六実の羞恥が伝染したのか、恵も顔を赤らめてもじもじし始めた。

「俺、食事取ってくるよ」

「すみません。じゃあ俺、荷物の整理してます」

二人であたふたとそんなやり取りをして、六実は食事を取りに部屋を出る。

食堂は各自、空いた時間に食堂で取るが、恵の場合は篠塚が事前に話を通してくれていて、部屋で食べることになっていた。

仲居さんが出入りすると恵は落ち着かないので、食事を運んだり、布団の上げ下げは六実の仕事だ。逆にそれ以外、ここで六実がすることはなかった。

旅館には今回の撮影隊以外に、一般の客はいないようで、人気の少ない廊下を往復して食事を運ぶ。山の中だが、旅館を名乗るだけあって料理は豪華だった。家と同じように、二人で向かい合って食事をする。

「おいしいね」

「はい。でも、六実さんの料理の方がおいしいけど」

さらっとそんなことを言うから、身悶えしそうになる。

「う……嬉しいけど、照れくさい」

顔を赤くして睨《にら》むと、恵はくすっと笑った。だがすぐに、何か思い出したように真顔に戻る。

「恵？」

どうかしたのか、と問うと、少しためらってから口を開いた。

「六実さんて、葛和さんのファンだったんですか」

「ええっ？」

驚いたが、葛和と最初に顔を合わせた時のことを思い出す。恵から葛和を遠ざけるために演技をしたのだが、そのやり取りを恵は本気に取っていたのだ。

「あれは篠塚さんと示し合わせて、演技してただけだよ」

「演技？」

「葛和さんは、君に馴れ馴れしすぎるだろ。気を許すと部屋までついて来そうな勢いだし。だから遠ざけたかったんだ。葛和さんのこと、俳優としては嫌いじゃないけど、ファンてほどじゃないな。俺がのめり込んだのは君だけだし。……ごめん、同じ俳優の君にこんな話、嫌かもしれないけど」

恵が唐突に箸を止め、まじまじとこちらを見つめたので、気を悪くしたのではないかと言い訳してしまった。

ファンです、と言ったその言葉が演技だなんて、失礼な話だろう。葛和がセクハラ野郎だという事実を、恵は知らないのだ。

純粋な彼を傷つけたかと後悔したが、意に反して恵は、なぜかひどく嬉しそうな顔をした。

「よかった。俺も葛和さんのことは、俳優として尊敬してるけど。六実さんを取られたらやだなって思ったから」

またピュアな笑顔で、悶絶するようなことを言う。心の中で唇を噛みしめ、六実はせいぜい爽やかに笑ってみせた。

「馬鹿だなあ。そんなこと、あるはずないじゃないか」

和《なご》やかに食事は終わり、六実は欠伸《あくび》をする恵を先に風呂に入らせた。その間に、膳を下げて布団を敷いておく。

恵と入れ替わりに風呂に入ったが、これは狭いながらも露天風呂になっていて、豪勢な気分を味わえた。目の前が山なので景色がいいとは言えないけれど、なかなか開放的である。

ゆったりとした心地良さに、わずかに性欲が首をもたげたが、今日は疲れている。抜かなくても、何とかなりそうだった。

さっぱりして風呂から上がると、脱衣所と風呂を隔《へだ》てる引き戸がわずかに開いていた。入る時は閉めたような気がするが、覚えていない。どちらにせよ、さっき自慰を思いとどまって良かったと胸を撫で下ろした。脱衣所は洗面所と一つになっていて、恵が入ってこないとも限らないのだ。

その恵は、六実が風呂から上がると布団にもぐりこみ、上掛けを頭まで被っていた。

「電気、消すよ」

眠っているのかと思い、念のため小さく断る。と、布団の中から「点けておいたらダメですか」と、くぐもった声が聞こえた。

「いいよ。俺は明るくても暗くても眠れるから」

恵は家では電気を消して眠るが、環境が違うので落ち着かないのだろうか。電気を点けたままにして、恵の隣の布団に入る。六実が小さく「おやすみ」と声をかけると、「おやすみなさい」と返ってきて、それからぽつりと、声が上がった。

「見られている気がするんです」

「え？」

「外にいる間、ずっと誰かの視線を感じて」

「誰かって……」

恵が何を言わんとしているのか気づいて、はっとする。隣を見ると、布団からのぞく怯えたような目とぶつかった。

「このところずっと、大丈夫だったのに。前もそうだったんです。なぜか視線を感じる時があって。そういう時に、あの……例の女性が現れるんです」

恵が言っていた、ストーカー女。すなわち六実のことだ。もう六実は女装して追っかけなどしていない。そんなはずはないと咄嗟に否定しかけたが、確かに昼間、リハーサルに挑《いど》む恵がカッコ良くて、その姿を視線で執拗に追いかけていた。

（ごめん、恵）

もう見ない……わけにはいかないが、あまりじっくり見ないようにしようと反省する。

「この旅館には撮影のメンバー以外、泊まっていない。怪しい部外者がいたらすぐにわかるはずだ。だから恵の気のせいだよ」

犯人は自分なのに、そんな風に誤魔化すのが嫌になる。結局ずっと、六実は恵を騙しているのだ。改めて己の罪を思い出し、胃がムカムカしてきた。

「もしいても、俺が君を守る。絶対に守るから、恵は安心して、仕事に専念してほしい」

執拗に恵の姿を追いかけないようにする。葛和のセクハラも全力で阻止する。恵が怯えないように全力を尽くすから。

（それでも、許してほしいなんて、言えないけど）

隣から、「ありがとうございます」と小さな声が聞こえた。

「六実さんは、やっぱり王子様だ」

「だから、王子は君だろ」

自分が情けなくて、声の端がわずかに揺れた。六実も頭まで布団をかぶる。

しばらくして、隣から安らかな寝息が聞こえてきて、それだけが今の六実の救いだった。

翌日は朝からどんよりと曇っていた。テレビの予報では、午後から雨だという。

そのために集合時間が早まり、朝ご飯を食べるとすぐに撮影に出なければいけなかった。

（今日はもう、できるだけ恵を見ない。それに葛和も近づけない）

決意をして外に出たが、葛和の姿はなかった。周りに確認すると、どうやら葛和の出番は少し後かららしく、彼は昼頃になってから現れるのだそうだ。そういえば、昨日も恵がカメラの前にいる時は、葛和が休憩していた。二人一緒にいる場面が少ないからだろう。

六実は台本を渡されていないので詳しくわからないが、今後、現場に出る機会が増えるのなら、恵に借りて中身くらいはチェックしておいた方がいいのかもしれない。

おはようございます、今日もよろしくお願いしますと、恵の後ろについて現場に入り、午前中の撮影は順調に進んだ。

ＮＧもほとんどなく、特に恵が単独で出るシーンはほとんどが一発で終わる。

「態度はアレだけど、やっぱり高城君てすごいわねえ」

舞台で有名な女優が誰かに囁《ささや》いているのが聞こえて、六実は誇らしい気持ちになった。

本当は性格だっていいのだ。

女優が感心するように、素人目にも恵の演技は迫力があった。

撮影現場は機材やスタッフに囲まれている、殺伐としたとても現実的な空間だ。だがその空間に恵が立つと、がらりと空気が変わる。周りの機材を忘れさせ、世界を作り出す演技というのは、演劇漫画の誇張だと思っていたが、現実に存在するのだ。

午前中の予定をほとんど消化し終えたところで、雨が降ってきた。わずかな時間で雨脚が強くなり、撮影が中止になった。

役者たちは足早に旅館へ戻り、スタッフたちも慌ただしく機材を撤収《てっしゅう》させる。だが朝から予想していたとはいえ、撮影現場の周辺は舗装されていない山道で、車も入れない。ぬかるんだ中での作業は大変そうだった。

「俺、ちょっと手伝えることがないか、見てくるよ」

一本のビニール傘で、恵と二人、旅館の玄関まで戻った六実だったが、スタッフたちが慌てた様子で何度も山道を往復しているのを見て、部屋に引っ込むのは気詰まりだった。

「六実さん？」

「撤収が終わったらすぐ戻る。先に部屋に戻ってて」

出過ぎた真似だったかと思ったが、幸い、息を切らして坂道を上ってきた女性スタッフの荷物を引き取ると、「助かります」と言ってもらえた。それからスタッフに交じって、六実は何度か現場と旅館を往復した。勾配《こうばい》があるのでなかなか骨が折れる。

「何してんだお前っ。ボサッとしてんじゃねえよ！」

突然、すぐ近くで怒号が聞こえ、足取りが遅くなっていた六実は、自分のことかとびっくりした。振り返ると、スタッフの一人が転倒したらしく、道に小道具が散乱している。

「ったく使えねえバイトだな。誰だよ、こいつ雇ったの」

怒号の主は先輩のスタッフなのか、舌打ちをすると転倒した相手を押しのけるようにして、旅館の方へ行ってしまった。

「大丈夫ですか」

目と鼻の先で転んでいるのを無視することもできず、六実は慌てて駆け寄る。だが叱られたショックなのか、相手はうつむいたまま道具を拾い、返事をしなかった。

「手伝います」

言って近づいても、顔を上げない。六実は遠くに転がった荷物を拾いに行った。転んだ男性スタッフは小太りで、ふうふうと息を切らせている。顔は二十代にも三十代にも見えて年齢不詳だった。

「はい、これ」

拾ってきた荷物を手渡すと、そこで初めて男性は顔を上げた。眼鏡の奥からじっと六実を見つめたかと思うと、憎々しげに睨んでくる。そうして驚く六実から荷物をひったくると、小さく舌打ちした。

「邪魔なんだよ、お前」

どん、とわざと肩をぶつけて六実を押しのけ、そのまま振り返りもせずに歩いて行ってしまった。

「何だあれ……」

あまりの出来事に、怒ることも忘れて呆気《あっけ》に取られていると、近くにいた女性スタッフが「すみません」と頭を下げた。

「彼、うちのチームの新人バイトなんです。態度が悪くて困ってるんですけど、縁故だし人手も足りなくて。本当にすみません。上司にも言っておきますので」

申し訳なさそうにぺこぺこと謝られて、六実も苦笑した。

「俺は大丈夫です。大変ですね」

女性の分の荷物を半分持ちながら、一緒に旅館に戻った。どうやらこれで撤収作業は終わりらしい。

「そちらも大変なんじゃないですか？　ほら、高城さんて難しい人みたいだから」

声を潜めて言うので、六実は静かに首を横に振った。

「いや、全然。恵は不愛想に見えますけど、素の彼は優しくてすごくできた人間ですよ。仕事でだって、理不尽なことはしないんじゃないかな」

高慢なキャラクターを演じているけれど、彼の性格からして、八つ当たりをしたり我がままを言うことはできない気がする。

「確かに。孤高の人で謎ですけど、誰に対しても同じ態度で、裏表はないですもんね。だからかな。マスコミに騒がれてるほど、内部で高城さんの悪い噂は聞かないですね」

納得したように、女性がうなずく。それを聞いて六実も安心した。きっと、見ている人はちゃんと見ている。

旅館に着くと彼女は撤収を手伝った六実に丁寧に礼を言い、スタッフの詰めている部屋へ走って行った。六実も部屋に戻ろうと踵《きびす》を返したが、その矢先、会いたくない人物に遭《そう》遇《ぐう》してしまった。

「六実君、大活躍だったじゃない」

笑顔だけは爽やかに、現れたのは葛和だった。近づいてくる息が酒臭い。昨日、山を下りて相当飲んだようだ。あれだけの長時間労働の後で、タフな人だと思うが、感心はできない。恵が演技に励んでいる間、この男は部屋でのんびりしていたのだろう。

「お疲れ様です。午後からの撮影は一度中止になったらしいですよ」

「うん、聞いたよ。六実君が一生懸命、荷物運んでるのも見てた。偉いね」

言いながら、またもや意味もなく肩を組んできた。上手く躱《かわ》そうと思っていたのに、撤収作業で疲れていたせいか、すぐに動けなかった。

「どう、これから山下りて遊びに行かない？　車出すからさ」

酒も抜けきってないのに、正気なのか。六実は呆れた。

「行けませんよ。第一、まだ撮影が残ってるじゃないですか」

「今日は一日雨だって。ずっと部屋に引きこもってるなんて耐えられないよ。他の人たちはまだ、二日酔いで潰れてるしさ。高城君は絶対無理だろ。あとは暇そうなの、君だけだし」

暇そうで悪かったな、と心の中で呟いた。おまけに、さっきから酒気を帯びた息がどんどん近づいてくる気がする。

「なあ。付き合ってよ」

「ちょ、葛和さん」

思わず、本気で肘鉄を繰り出しかけたその時だった。

「剛志君、困るよ君！」

懐かしい声がして振り返ると、篠塚が足早に近づいてくるところだった。東京での仕事を終えて、戻ってきたのだ。後ろには恵もいて、六実は慌てて葛和の腕をすり抜ける。

「恵を放って遊びに行くなんて、困るじゃないか」

篠塚は、しかつめらしい顔をして叱ってくる。助け船が来たと内心では安堵しながら、すみませんと頭を下げた。

「ふざけてただけだから、そう怒らないでやってよ」

葛和も分が悪いと諦めたらしく、上から目線でそんなセリフを吐いた揚句、食堂の方へ去って行った。

六実たちは一先ず部屋に戻り、内鍵をかけたところで、六実は二人に謝った。

「勝手なことしてすみません。あと、助けに来てくれてありがとうございました」

「撤収作業を手伝ってたんですってね。恵から聞きました。素晴らしいことだと思いますが、慣れない者が手伝って、かえって邪魔になるかもしれないので、今後はやらない方がいいでしょう」

「すみません」

篠塚にやんわりたしなめられて、確かに余計なことをしたと反省した。よく見ると、恵は雨に濡れたまま着替えていない。心なしか表情も暗く、不安になった。六実が飛び出してしまったから、心配をかけたのかもしれない。

「ごめんな、恵。そばにいるとか言っておいて、一人にして」

謝ると、恵は小さくかぶりを振った。

「葛和さんと一緒にいたから、驚いて」

「ああ。途中で捕まってさ。今から山を下りて遊びに行くって言うんだ。どこまで本気か知らないけど、断るのが大変だった」

恵はそれに何か言いかけたが、篠塚から「恵、お風呂に入ってきなさい」と母親のように言われて、渋々と風呂に入って行った。

「慣れないのに、一人にしてすみませんでしたね」

二人きりになると、篠塚はそう労《ねぎら》ってくれた。

「ストーカーの話はしていませんでしたか？」

水を向けられて、ギクリとした。

「あの、誰かに見られている気がすると」

己の行状を暴露する気持ちで、申し訳なく思いながらも告げると、篠塚はため息をついた。

「そうですか。こんな山奥ですし、我々以外に泊り客もいないから、気のせいだと思うんですけどね。剛志さんが来てくれてから治まったと思ったんですが。一度、心療内科に行かせた方がいいのかなあ」

それがまるで、全てが恵の気のせいだとでも言うような口調だったので、六実はびっくりした。

「あの、恵は確かにナーバスになってたかもしれないけど、それだけじゃないんです」

ストーカーはいる。何しろ、六実が犯人なのだ。危害を加えるつもりはなかったけれど、恵が気味が悪いと感じた女は実在する。決して幻覚などではない。だがそれを、どう伝えればいいのか。

「わかってます。ちゃんと、警戒はしていますよ」

六実の必死な表情を見て取ったのか、篠塚は労《いたわ》るような優しい口調で言った。

「恵以外の人間も、実際に女を見たことがありますしね。恵の話も信じてます。全部が気のせいなわけじゃない。でも、恵が疲れて神経質になっているのも事実です。だから、恵が見て感じたことについて、どこまでが現実で現実じゃないのか、整理が必要だと思っただけです」

篠塚の説明は合理的だった。気のせいだと思っていて万が一のこともあるから、篠塚もそれとなく撮影スタッフを気にかけておくという。

真犯人はここにいるので、逆にそれは無駄な時間を割かせるようで申し訳なかったが、全ては恵の気のせいで片づけられているわけではないと知って、安心した。

「それより、葛和さんのことですけど」

唐突に声のトーンを変えて、篠塚が嬉しそうに言った。

「さっきの様子だと、葛和さんのターゲットはすっかり剛志さんに移ったみたいですね」

よかった、と満面の笑みを浮かべる。恵をセクハラから守るという、当初の目的は達せられたのは確かによかったのだが、そう手放しに喜ばれるのも複雑だ。

「ターゲットって、どういうことですか」

その時、風呂場の戸が開いて恵が戻ってきた。まだ湯に浸かっていると思っていた二人は、オタオタとあわを食った。

「六実さんが俺の代わりに、葛和さんにいじめられてるってことですか」

まだよく髪も拭かないまま、珍しく厳しい表情でずかずかと近づいてくる。演技以外で、こんな彼の顔を見るのは初めてだった。

「あの、別にいじめっていうわけじゃないんだよ。嫌がらせっていうか」

「同じじゃないですか。俺、六実さんが守ってくれて嬉しいって言ったけど、それで六実さんが犠牲になるのは嫌です」

恵の剣幕に、最初は二人、呆気に取られていたが、篠塚がいち早く浮上した。「落ち着きなさい、恵」とたしなめる。

「葛和さんのはね、いじめじゃなくて、セクハラ。君に会うとベタベタ触ってきて、苦手だって言ってただろ」

このままぼかしておくのも、逆によくないと思ったのだろう、篠塚は真面目な顔で言った。

「セクハラ？　でも俺も葛和さんも男ですけど」

「世の中には、同性が好きって人もいるんだよ。彼はたぶん、そっちの方」

六実が補足すると、恵もようやくゲイの存在を思い出したらしく、「あっ」と呟いてなぜか顔を赤らめた。

恵の初々《ういうい》しい反応に、六実は複雑な気持ちになる。男が男にセクハラすることがあるなんて、恵は思いもよらなかったのだ。

「葛和さんのセクハラが恵に向かないように、剛志さんに防波堤になってもらってたんだ。剛志さんは営業職で色々な人との付き合いがあって、そういうトラブル処理のノウハウも持ってるからね」

防波堤というより人身御供《ひとみごくう》だが、それらしいことを淀《よど》みなく喋る篠塚はさすがだ。それでもまだ、気がかりな様子でこちらを見る恵に、六実は大丈夫だ、というようにうなずいて見せた。

「篠塚さんもフォローしてくれるし、大体、セクハラって言っても、ちょっとベタベタされて気持ち悪いってだけだから。でも、心配してくれてありがとう」

恵がこんなに真剣に、六実を心配してくれるなんて思わなかった。嬉しくて微笑むと、相手もはにかんだ微笑みを浮かべる。

「ネタばらしが済んだところで、改めて言うけど。恵、葛和さんは先輩だから失礼のないように、でも必要以上に近づいちゃダメだよ。剛志さんに移ったとはいえ、元々のターゲットは君なんだから、うっかり二人きりになんかなったら、何されるかわからないんだからね」

葛和もひどい言われようだが、脅しの意味もあるのだろう。「はい」と神妙に返事をする恵に、篠塚も安心したようで、少し打ち合わせをした後、自分の部屋に荷物を整理しに行った。

二人きりになると、恵はようやく畳の上に腰を下ろした。外ではまだ、雨が降っている。

「少し寝ておく？　布団敷こうか」

せっかく時間ができたのだから、体を休めておいた方がいいだろう。六実が水を向けると、恵は「布団はいいです」と、座布団を枕にして横になった。風邪をひかないよう、上掛けだけかけてやる。

恵はそれに礼を言ってから、「六実さん」と改まった口調で呼びかけた。

「同性愛って、いけないものなんですか」

思わぬ問いかけに、六実は咄嗟に何と答えていいのかわからなかった。恵は顔を半分だけ上掛けから出して、じっと天井を見つめている。

「ベタベタして、気持ち悪いって」

その呟きが、どことなく傷ついているように聞こえた。気持ち悪い、というのは、先ほどの六実の言葉だ。何気ない言葉が、繊細な彼の心のどこかを傷つけたのかもしれなかった。

「ゲイは悪いことじゃないよ。少なくとも俺は、そう思ってる」

言葉を選んで、慎重に口を開いた。

昔は、それが悪いことだと思っていた。そんな風に生まれた自分が嫌だった。懸命に否定し、でも否定しきれなくて、死にたいと思ったこともある。

自分を受け入れられるようになったのは、いつからだろう。大学に入って、同じ空手部で初めて同類のマロンちゃんに出会った時だろうか。それとも二十歳を過ぎて、秘密に耐えきれず兄に打ち明けたら、「知ってた」とあっさり言われた時だろうか。

「異常でも病気でもない。ただ、恋する相手が同性だってだけ。でもストレートの人間と同じように、ゲイも色んな人がいるんだ。真面目な奴も身勝手な奴も。俺が気持ち悪いって言ったのは、だから性指向の話じゃない。相手が異性だろうが同性だろうが、人が嫌がっているのを見て楽しむのは、悪趣味だって思ったんだ」

そう、あの男はこちらの反応を楽しんでいたのだ。恵が戸惑いつつ、先輩を立てて無下にできないのも、六実が彼を守ろうとしているのもわかっていた。それが趣味なのか、ただの憂《う》さ晴らしなのかわからないが、どちらにせよ、褒められた行動ではない。

「異常じゃ、ないのか」

独り言のように、恵は言った。「うん」と六実が答えると、静かに目をつぶる。

「少し寝ます」

「うん。撮影が再開したら起こすよ」

伏せられた恵のまぶたを眺めながら、六実は自分のことを尋ねられなかったことに安堵していた。

六実さんはどっち？　と聞かれたら、今は上手く嘘をつける自信がないし、彼にもう嘘をつきたくなかった。

自分はゲイで、しかも女装をして恵を脅かす変態のストーカーだ。

いつまで隠し続けていられるのだろうと、先のことを考えて怖くなった。


山中のロケは、天候などのアクシデントに見舞われたものの、日程が延びることなく無事終わった。

その後は、スタジオでの撮影と近場のロケをドラマの放映と並行して進める。

ロケを皮切りに、六実も同行が増えるかと思ったが、意外にもその後は、一、二度しかお呼びがかからなかった。篠塚は運転手兼付き人として、本格的に恵のお供をさせようとしていたのに、当の恵が珍しく自己主張したのだ。

「六実さんと一緒に出掛けると、六実さんのご飯が食べられなくなるので嫌です」

外に出てもちゃんと作るよ、と言ったが、それでは六実さんの負担になるからだめです、と食い下がってくる。それで結局、篠塚や他の事務所スタッフが同伴できない時だけ、六実が付いて行くことになった。

今回のことで珍しく自己主張したこともだが、恵はロケから帰って、少し変わった気がする。端的に言えば、六実に甘えるようになったのだ。

同じ部屋で三日間寝起きして、距離が縮まったのかもしれない。それまでの遠慮がちだった雰囲気もなくなって、食べたい物や欲しい物もぽつぽつ言うようになった。

六実を仕事に同行させせたがらないくせに、離れるのは嫌だと言い、家に帰ると母親に付いて回る子供のように、六実の周りをウロウロする。

おまけにロケで一度、六実が思わず彼を抱きしめてからは、仕事で何かあるとハグをねだるようになった。いわく、

「六実さんにハグしてもらうと、元気が出るんです」

なのだそうだが、六実は彼を抱きしめるたびに、心の中で九九を唱えて気を散らさなくてはならなかった。

それに、信頼してくれる彼を騙し続けているという罪悪感もある。あれから恵が、女性ストーカーの話をしないのが、唯一の救いだった。

「恵はお祖母さんを亡くしてから、ずっと気を張ってきましたからね。私もフォローはできますが、マネージャーという立場上、甘やかすことはできませんし。家で子供返りすることで精神のバランスが取れるなら、いいんじゃないですかね」

恵の変化をそれとなく篠塚に相談したところ、さらっとした答えが返ってきて、拍子抜けした。そう案ずることでもないのかと考える。

しかしいかんせん、距離が近い。今日も家に帰って篠塚がいなくなるなり、恵は六実に抱きついてきた。

「六実さんに会えなくて、寂しかった」

耳元で囁かれ、どきりとする。ただ甘えているだけだとわかっていても、このところの恵の行動は心臓に悪かった。

言葉遣いも以前は敬語だったのが、最近は砕けた口調に変わってきている。声音もどこか柔らかく、甘くなった気がした。

腕に込められた力が強く、少し苦しい。息ができなくなって身を捩《よじ》ったら、恵が慌てた様子で抱擁を解いた。

「ごめん、痛かった?」

「ちょっと苦しかった」

ドキドキしながらも冗談めかして言ったが、恵はしゅんとしょげてしまった。

「ごめんなさい」

距離を縮めたわりに、恵は六実の反応を過剰に気にすることがある。葛和のことがあったからか、六実の嫌がることをしないように、努めているようだった。

そういう不器用さが可愛くて、六実はくすっと笑って恵の頭をかき回した。

「いいって。飯、食おうよ」

六実が言うと、恵はぱっと顔を輝かせてついてくる。二人で食卓を囲みながら、恵は今日一日の仕事を話した。

「六実さんは、何をしてたの？」

一通り自分の話が終わると、恵はたずねる。最近、留守の間に六実が何をしているのか、よく知りたがった。六実もなるべく詳しく話して聞かせるが、何しろあまり外界と接点を持たないので、面白おかしいことは一つもない。それでも恵は熱心に、六実の話を聞いた。

「明日の仕事は午後からだっけ。ちょっとゆっくりできるな」

食事の後、片づけをしながらカレンダーで予定を確認する。相変わらず恵は多忙だ。結局、出会ってから今に至るまで、一日休みだったことは一度もない。

最初は空いていても、撮影が押したり何かしらが起こって、潰れてしまうのだった。よく我慢しているなと感心するが、恵は愚痴をこぼすこともなく、仕事をする。

「でも今日は疲れたから、風呂に入ったら寝ますね」

恵は言い、いそいそと風呂に向かう。ゆっくり夜の時間が取れる時、たまにこういうことがある。あとは寝るだけなのに、やけにソワソワし始めるので、きっと自分の部屋で漫画を読むんだろうな、と勝手な見当をつけていた。

六実は定期的に恵に漫画を差し入れていて、恵の部屋にはもう、結構な数の漫画本が揃っている。

(気分転換できるのは、いいことだよな)

休みがなくて出かけることができないのだから、家で何か楽しみがあった方がいい。そのうち、テレビゲームも買ってこよう。

あれこれ考えながら食事の片づけを終え、寝室に入った恵を見送って六実も風呂に入った。

(そろそろ抜いておくか)

シャワーを浴びていると、身体の奥にじんと火が灯《とも》る。恵が先に寝る日は、たまに処理をした。水で流してしまえる風呂で自慰をするのが、すっかり習慣になっている。

「ん……」

ゆるりと自分のペニスに触れたところで、不意に背中にひやりと冷たい空気が流れた気がした。

(そうだ、ドア……)

きちんと閉めただろうか。気になって振り返る。ドアはほんのわずかに開いていて、六実がそちらへ向き直った途端、ガタン、と脱衣所で物音がした。

「え……」

誰かいるのだとしたら、恵しかいない。焦りと羞恥に混乱して、六実は何も考えず、ただ確かめるためだけにドアを開けた。

そこには確かに、恵の姿があったのだが。

「恵……」

ドアの前でしゃがみ込む恵が、何をしているのか、最初に見た時は気づかなかった。

だが、視線を落とした先に思わぬものを見つけて、息をのむ。

恵はパジャマのズボンを下ろし、下半身を剝《む》き出しにしていた。彼の手の中には、自身のペニスが握られている。それは太く勃起し、先端からは大量の先走りを滴らせていた。

「……ごめん、なさい」

青ざめて声は震えているが、手の中のペニスは勃起したままだ。恵が何をしていたのか、そこでようやく理解をした。

同時に、これまでも閉めたはずのドアがうっすらと開いていたことを思い出す。最初は確か、ロケに出る前ではなかったか。

「もしかして、ずっと見てた？」

まさかと思いながら口にすると、恵の顔は絶望に歪んだ。

「ごめんなさい、ごめんなさい。最初は本当に、見るつもりなんかなかったんです。こんなこと、良くないって思ってた。もうやめようって思ってたのに、止まらなくて……」

嗚咽《おえつ》混じりの声が言い訳する。恵が顔を伏せると、ぽとぽとと涙が落ちた。だが彼が自ら握る男根は、まだなお、ガチガチに張ったままだった。

(俺が抜いてたの、見たからか)

たぶん恵は、たまたま、六実が自慰をする光景を目にしてしまった。ずっと禁欲生活を強いられてきたが、恵だって健康な大人の男性だ。抑圧され続けていたら、性指向になど関係なく、セクシャルな光景に反応してしまうのも無理はない。

(俺のせいか)

他に刺激はなかったのだろうと考えると、目の前にうずくまって泣く恵が、可哀そうになった。

「俺こそごめん、恵」

小さく謝罪すると、恵は驚いたように顔を上げた。泣き濡れた切れ長の目が、ぼんやりとこちらを見据える。

六実は、自分が全裸だということに今さらに気がついて、恵から局部を隠すように身体をひねった。

「俺がオナッてたの見て、感化されたんだよ。ごめんな、変なの見せて」

「なんで、六実さんが謝るの?」

「いや、なんか……見ただろ。男が後ろ弄ってオナニーしてるの、普通なら気持ち悪いだろうからさ」

　返事の代わりに、小さく喉を鳴らす音が聞こえた。恵を見ると、その目はじっと、恵の方へ向けられた尻に注がれている。

「気持ち悪くなんか、ない。すごく綺麗でやらしくて……興奮した。初めて見た時、一晩中、六実さんのことが頭から離れなくて。俺、馬鹿みたいに何度も抜いたんだ」

　くちゅ、と恵の手元で彼のペニスが水音を立てる。恵の息が荒かった。

「け、恵？」

　戸惑いながら、六実も恵のそれから目が離せない。熱に浮かされたような恵の双眸が、ふっと六実の目を見た。

「六実さんは？　俺が六実さんの身体を見てこういうことするの、気持ち悪い？」

　まるで開き直って行為を見せつけるように、恵の手が自らを扱く。先走りが手を濡らし、大きく張った亀頭がてらてらと輝いていた。

「……気持ち悪くは、ないけど」

　思った以上に、恵の一物は大きかった。じん、と身体の奥が疼《うず》く。六実のペニスも、既に首をもたげていた。

「本当に？　俺、ずっと……こうやって覗けない日も、六実さんで抜いてたんだ」

　恵はゆっくりと立ち上がり、浴室と脱衣所とを隔てるドアを大きく開く。欲望にぎらついた目をする恵は、すっかり雄の顔をしていた。そういう自分は雌の顔をしているのだろうと、ぼんやり思う。

隠した六実の下半身を覗いて、恵はふわりと笑顔を浮かべた。

「良かった。六実さんのも、勃起してる」

「け、恵」

「六実さん、触らせて。俺、ずっと六実さんの裸に触りたかった。服の上だけで我慢するつもりだったけど、もう……」

恵は浴室の濡れたタイルの上に足を踏み出す。男の熱い手に腰を掴まれて、ビリビリと電流のような快感が皮膚に走った。

「恵、だめだ」

それでも最後の理性をかき集めて、必死で身を捩る。

「俺に触られるの、嫌？」

「嫌じゃない。けど、君はゲイじゃないだろ。恵はたぶん、俺がしてるのを見て、感化されてるだけだよ」

彼ならば、どんな美しい女性とでも付き合えるのだ。六実のせいで、本来とは違う道に向かわせてはいけないと思う。だが恵は、六実の言葉に小さく苦笑した。

「どうしてそんな風に考えるの。六実さん、俺は子供じゃないよ。もう二十三で、人並みの知識もある。篠塚さんは色々と俺に見せないようにしてるけど。今まで誰にも恋したことがなかったから、ゲイかどうかなんて考えたことなかった。でも俺は、六実さんが好きなんだ」

スキ、という言葉の意味を理解するのに数秒かかった。恵が、自分を好きだと言っている。そのことに気づいても、まだ信じられなかった。

「気のせいだよ。ずっと一緒にいるから」

「気のせいじゃない。初めて会った時から、六実さんは特別だった。離れたくなくて、六実さんがここで一人でお尻を弄ってるの見た時は、ものすごく興奮したよ。何度も六実さんをオカズにした。ロケで葛和さんがあなたにベタベタしてるのを見て、腹が立って。それで気づいたんだ」

恵はそこで、悲しそうな顔をして「こんなの、迷惑かな？」と言った。六実は慌てて首を振る。

「迷惑なんかじゃない。俺だって、好きだけど……」

でも上手く言えないけれど、この先に進むのは間違っていることのような気がする。だが六実がそれを言う前に、恵は「嬉しい」と破顔した。

「さっき、俺はゲイじゃないだろって言った。六実さんはゲイなの？」

執拗な問いに、「そうだよ」とうなだれる。この期に及んで、誤魔化せるはずがなかった。

「男の人と付き合ったことある？　誰かに抱かれた？　男同士は、ここでセックスするんだよね」

「恵、あ、あっ」

尻を撫でられ、窄まりにぬるっと指が滑り込んだ。ぬちぬちと指で入口を擦られる。

「ねえ、ここに男の人を入れたことがある？」

「う……」

答えずにいると、首筋を甘く噛まれた。

「あるよ。何度もある。でも恋人と別れて、それからはしてな……ああっ」

指が襞をこじ開け、中に入ってきた。同時に、精悍な美貌が目の前に被さってきて、唇を奪われる。舌で口腔をねぶる濃厚なキスに、こんなのいったい、どこで覚えたんだと聞きたくなった。

「すごい……六実さんの中、すごく熱い」

その感触にいっそう興奮した様子で、恵は指を出し入れする。内壁を擦る感覚に、六実も思わず腰が揺れた。

「六実さん、すごく綺麗だ。前も触らせて」

「待って……恵」

身を捩り、浴室の壁に逃げたが、追いかけてきた恵に後ろから抱きすくめられ、余計に逃げ場がなくなった。

「恵、だめだ」

再び指が後ろにもぐりこもうとする。抵抗すると、六実の足が恵のペニスに擦れた。

「六実さん……あっ」

途端、恵が極まった様子でぶるりと身を震わせた。どろりと熱いものが、六実の太ももを濡らす。擦れた時の刺激で、射精してしまったのだ。

青臭い匂いと大量の精液が自分の足を濡らす感覚に、六実の頭は痺れたようになった。

「六実さん、だめだ。治まらないよ」

言って恵は、まだ硬いままのペニスを六実の足に擦りつけてくる。温かな残滓《ざんし》が、ぬちゃりと卑猥《ひわい》な音を立てた。

「入れたい。六実さんのここに入れさせて。俺を恋人にして」

最後の声は、聞こえないふりをした。それはただの睦言《むつごと》で、意味のないものに思えたからだ。

「ここじゃだめだ。ベッドで。あと、身体も洗いたい」

「わかった。俺の部屋でいい？」

うなずくと、シャワーで丁寧に身体を撫で洗われた。恥ずかしかったが、恵の射精を見てからはもう、抵抗する気力もなくなっていた。

恵はやはり丁寧に六実をバスタオルで包むと、両腕で抱え上げて部屋まで運んだ。

ころりとベッドの上で転がされ、うつ伏せになった尻を大きく抱え上げられても、六実は無抵抗だった。それどころか、期待に身体を熱くさせている。

背後から尻たぶを撫でられ、びくんと背中が震えた。

「すごく綺麗だ。男の人の尻なのに、なんでこんなにいやらしく見えるんだろう」

ため息のような声で言われて、ものすごく恥ずかしかった。

「指、入れるからね」

枕に赤い顔を埋めた六実に、優しい声がかかった。

「あっ……」

指は探るように浅く深く、穴を弄った。指の腹が睾丸の裏の一点を押し上げた時、びくんと思わず身体が揺れた。

「ここがいいんだね」

恵の嬉しそうな声が聞こえ、指はそこばかりを突くようになった。

「こうかな。六実さんがしてたのと同じようにしてるんだけど。痛くない？」

余計なことを言うな、と叱ろうとした途端、そこをコリッと強く押された。

「んっ、んーっ」

いきなりの射精感に、尻を突き出したままブルブルと震える。

「すご……」

呟く恵の声は掠《かす》れていた。

「六実さんのおチンチンから、汁が溢れてる。これ、先走りだよね。すごい量」

ひくひくと震える身体をどうすることもできず、泣くような声を上げた。

「だから、言うなぁ……」

背中を振り仰ぐと、恵は六実の痴態を食い入るように見つめていた。

「恵、もう……早く入れて」

「い、いいの？」

「久しぶりだから、ゆっくり……」

「わかった」

六実の臀部を恵の手が掴む。熱いものが窄まりに押し当てられ、ぬち、と襞をめくる音が響いた。太い肉茎が、ゆっくりと中に入ってくる。

「すごくきつい……六実さん、痛くないの」

言葉にならず、こくこくとうなずく。恵が中に入っている。考えただけで、射精しそうだった。

根本まで収めると、恵は大きく息を吐いた。その振動が伝わって、ひくりと尻が痙攣《けいれん》する。しかし、こちらの身体を気遣っているのか、恵はじっとしたままでいつまでも動く気配がない。

「恵、動いて」

もっと強く擦られたくて、六実は緩く腰を揺すって懇願した。

「いいの？」

「ああ。もっと強くしても、平気だから」

そう告げた途端、身体を激しく打ち付けられた。

「な、あっ……」

前触れもなく突き上げられ、ガクガクと揺さぶられる。

「ごめん、六実さんのお尻、気持ち良すぎて……」

恵は荒い息の合間に言うが、腰が止まらないようだった。太く硬い雄が、指では届かなかった奥を擦りあげる。六実は我を忘れて嬌声を上げた。

「痛いの？　前、擦った方がいいのかな」

「だ、だめ……」

そんなことをされたら、すぐに射精してしまう。しかし、六実の懇願は聞こえなかったのか、腰を打ち付けながら、恵の手が前へと潜ってくる。

「良かった。勃ってる」

ホッとしたような声がして、緩く扱かれた。

「六実さんのおチンチン、びしょびしょだ。俺ので突かれて、気持ちいいの？」

ぐちゅぐちゅと音を立てて前を擦りながら、興奮したように囁く。六実が羞恥に震えると、恵は息を詰めた。

「すご……前を扱く度に、後ろが締まって……」

「い……言うなっ……てば……っ」

声を上げる合間にも、律動は激しさを増していく。

「六実さん、六実さんっ……俺、もう、出る……」

何度も名前を呼ばれ、恵が極まったように背中を抱きしめてきた。ぐっと一際《ひときわ》強く腰を打ち付けられ、六実の中のペニスがぶるっと震えるのを感じた。

「あ、あっ、ごめん、中で……っ」

射精しながら、恵は何度も出し入れを繰り返す。たっぷり出された精液が、ぐちゅぐちゅと泡立つ感覚に、六実もたまらず吐精した。

「ん、んーっ」

快感に震える背中を、恵がいっそう強く抱きしめる。息が整わないまま、無理な体勢でキスをされた。

二回も吐き出したのに、恵はなおも六実にぴったりと寄り添ってくる。足を絡め、中に自身を収めたまま執拗にキスが繰り返される。六実は頭の片隅で危機感を覚えながらも、陶然とそれを受け止めていた。


行為が終わった後の恵のベッドは、惨憺《さんたん》たる有様だった。

二人分の汗と体液でドロドロになっていて、とても寝られる状態ではない。どちらもぐったりしていてシーツを換える気力はなく、シャワーを浴びると、二人で六実の布団に潜り込んだ。

男二人ではさすがに狭かったが、恵が六実から離れまいとぴったり寄り添っているので、はみ出す心配はなさそうだった。

シャワーを浴びている間も、恵はわずかな隙間さえもどかしいというように、六実を抱きしめキスを繰り返した。六実の中に出した自分の精子を掻《か》き出しながら欲情し、もう一度挑もうとするから、どうにか宥めて手と口で射精させた。

浴室から出て時計を見ると、いつの間にか外が白んでいた。夕方からとはいえ今日も仕事だから、早く寝かさなければならない。

恵もわかっているはずだが、布団に潜り込んでも眠れないようだった。六実もまた、身体は疲れ切っているのに、妙に目が冴えている。

「こんな風に好きな人と抱き合えるなんて、少し前まで想像もしてなかった」

二人はしばらく目をつぶっていたが、やがて恵がぽつりと言葉を漏らした。まぶたを開くと、薄闇の中で恵と目が合った。

「好き?」

ぼんやりと聞き返すと、闇の向こうでくすっと恵が笑う。

「好きだよ? 初めて会った時から、六実さんは特別だった。何だかわからないけどドキドキして。だからオナニーシーンを見た時は興奮した」

「いちいち言うなって」

恵の口からそんな卑猥な言葉を聞くとは、今日まで想像もしていなかった。

「葛和さんがあなたにベタベタしてるのを見て、すごく苛ついたんだ。自分のことなのに、よくわからなくて。けど葛和さんがゲイだって話を聞いて、そういう可能性もあるって気づいた時、自分の気持ちも自覚した。俺は、六実さんに恋してるんだなって」

六実は何と答えたらいいのかわからなかった。自分だって、恵が好きだ。でもそれを告げて、二人で盛り上がっていていいのだろうか。

逡巡する六実をどう思ったのか、恵が六実の気持ちを問うことはなかった。代わりにただ、「初めてが好きな人で嬉しい」と、はにかんだように言う。

「この先も恋人は作れないだろうし、恋なんてできないと思ってたんだ。忙しくて、デビューからずっと走り続けてる気分だった。仕事を一生懸命こなしてるのに、何年経っても、本当の自分を見せられるのは篠塚さんと、事務所の数人のスタッフだけで。このままいつまで一人でいるんだろうって」

安易に相槌《あいづち》を打つのがためらわれて、六実は隣にあった手をそっと握った。温かなそれは、優しく握り返してくる。

「篠塚さんは色々心配してるけど、女性との出会いなんか全然ないし、忙しすぎて誰かを好きになる余裕なんてないと思ってたよ。恋人より、友達が欲しいとも思ったな。篠塚さんに申し訳なくて言えなかったけど、すごく孤独だった」

その声は静かで、六実はそれが無性に悲しかった。恵の肩に顔を埋めると、「大丈夫だよ」と笑って髪を撫でられた。

「今は孤独じゃない。六実さんに出会えたから」

「恵……」

「本当の俺を知っても、六実さんは変わらなかった。それがすごく嬉しかったんだ」

人気が出れば出るほど、自分の人格は深く隠されていく。時々、このまま自分が消えてなくなっていくのではないかという気がした。眠って目が覚めたら、もう元の自分はいなくなっている——。そんな恐怖に駆られて、恵は眠れない日が多くなった。

「あの髪の長い女性のことも、最初は信じてもらえなかった。俺、自分の頭がおかしくなったんだと思った」

「……ごめん」

本当に恵を苦しめていたのだ。

「どうして六実さんが謝るの」

「いや、その……俺も君のファンだから、何となく」

しどろもどろに言うと、恵は「変なの」と、くすくす笑った。

「俺も、こんな愚痴を言ってごめんね。本当は自分が孤独だとか、ファンの人を怖いとか、思っちゃいけないんだ。篠塚さんや事務所の人たちだって、俺のために一生懸命頑張ってくれてるのに。いけないってわかってるのに、どうしても時々、何もかも捨てて島に帰りたいと思う」

ずっと胸の内に燻らせて、篠塚にすら言えなかった。恵が今までどれだけ耐えてきたのか、考えると切なくなって、六実は薄闇の中で目を瞬かせた。

「島には帰ってないのか」

「え？　ああ、うん。上京してから一度も」

隣の声が寂しげに言った。

「両親と祖母ちゃんの墓が島にあるから、一度くらいは帰りたいんだけどね。まとまった休みが取れなくて、ずるずるここまで来ちゃった。墓はたぶん、近所の人が掃除をしてくれてるんだと思う。俺が島を出る時、後のことは心配するなって、言ってくれたから」

「いい人たちだったんだな」

「うん。すごく」

村全体が家族のようなものだったと、恵は言った。

「子供たちはやっぱり、都会に憧れて出て行っちゃうけど、何割かは必ず戻ってくる」

中には知らない土地で荒んで帰ってくる者もいる。だが島の人々は、何も聞かない。ただよく帰ってきたと喜んで出迎えるだけだ。それは他所の土地から流れ着いた者にも同じだったらしい。

「祖父母は元々、島の人間じゃなかったんだ。まるっきりよそ者だったのに、身内みたいによくしてもらったって、祖母ちゃんは言ってた」

祖母の静子は、デビューしてすぐに恋人との子供を妊娠し、芸能界を去らなければならなくなった。その恋人というのが、同じ大物歌手の門下にいた兄弟子《でし》だったからだ。

無断で恋仲になっていたばかりか、妊娠までしたことで師匠の逆鱗に触れたのである。どちらも帰れる家はなかった。おまけに下積みが長く、仕事に就いたこともない。

籍を入れたまでは良かったが、仕事を探して地方を転々とする生活がしばらく続いた。そうして流れ着いたのが、七津島だった。

子連れの若い夫婦を不憫に思ったのか、島の人たちは住む家と仕事を世話してくれた。祖父が病死した後は、まだ幼かった恵の父を近所の人たちが見てくれて、それで祖母は働きに出ることができたのだ。

成長した恵の父は島を出て東京で就職し、職場の同僚と結婚して恵を儲けた。共働きの両親は、仕事帰りに待ち合わせ恵を保育園に迎えに行く途中、事故に遭った。幼かったせいか、恵は当時をよく覚えていない。

両親を亡くした恵は祖母に引き取られた。そこで恵の父と同じように、祖母が働いている昼間、近所の人たちに預けられて育ったのだという。

「なのに俺は、何もあの人たちに返してない。デビューする前は、ずっと島で働いて、祖母ちゃんと島の人たちの役に立ちたいって思ってたのに」

もどかしさと焦りが、余計に望郷の念を募らせる。いつか帰りたい、と呟く恵の手を、六実はぎゅっと握った。

「帰れるよ。篠塚さんに言って、休暇をもらおう。それで、墓参りに行く。今すぐは無理だけど、数日の休みくらいもらってもバチは当たらないだろ」

そもそも、恵は働き過ぎなのだ。このままずっと走り続けたら、きっと恵は壊れてしまう。篠塚が望む地位に登り詰めるのと、壊れるのはどちらが早いか。そんな危険な賭けは、させたくない。

「このままじゃ恵の身体にだって良くないよ。あの人だって、わかってるはずなのに」

「篠塚さんは、祖母ちゃんの大ファンだったんだ。デビューの時のＬＰジャケットに一目惚れして、初恋は高城静子だって言ってた」

「そ、それはすごいな」

静子を引き合いに出して、六実を説得した時のことを思い出す。いつも飄々としているくせに、あの時はやけに迫力があった。

「でもそれなら、篠塚さんも説得できるんじゃないかな。静子さんのたった一人の孫を、墓参りもできないくらい働かせるなんて、って。俺からも言ってみる」

六実は静かに決意した。

こんな風に唐突に関係を持ってしまったことに、不安と戸惑いを感じる。この先、自分たちの関係がどうなるのか、うまく想像できない。

それでも、恵が愛しい。彼の葛藤や苦しみを少しでも和らげたかった。

話の後、二人はどちらからともなく眠っていた。食事も取らずに眠り続け、目が覚めた時には、昼もとっくに過ぎていた。

「六実さん。身体は大丈夫？」

起きようとすると、恵が心配そうに尋ねてきて、つい、恵自身を奥に埋め込まれた時の熱さを思い出してしまった。じんと身体が疼く。

「だ、大丈夫。俺、鍛えてるから」

さんざん出し尽くしたのに、またいやらしいことを考えてしまう、自分が恥ずかしい。顔を赤くしてうつむくと、隣の恵がくすっと笑って、六実の頭にキスをした。

シャワーは交替で浴びた。一緒にすると、また良からぬことをしてしまいそうだったのだ。さすがに身体がもたない。

よろよろとした足取りでキッチンに向かうと、一足先にシャワーを浴びた恵が、既に食事を作っていた。

「俺が作るから、六実さんは座ってて」

「君、料理できたのか」

「料理ってほどのものじゃないけど」

恵が作ったのは、サンドイッチと目玉焼きだった。この時間まで何も食べていなかった六実は、大きなサンドイッチを勢いよく頬張った。

「美味しい」

六実が言うと、恵が嬉しそうな顔をする。幸せだなと、唐突に思った。今、すごく幸福だ。

「食後のコーヒーは俺が淹《い》れるよ」

空腹が満たされると、力も出てきた。立ち上がると、恵は六実に付いてくる。

ベタベタと甘えてきて、コーヒーが淹れられない。邪険にしても、くすくすと嬉しそうにまた抱きついた。

そんな甘ったるい空気を壊したのは、篠塚だった。

「こんにちは、失礼します」

突然、リビングのドアが開いて彼が入ってきた。キッチンにいた二人は思わず固まる。玄関で声をかけたのかもしれないが、気づかなかった。

六実は背中に抱き付いたままの恵を、そっとはがした。恵がはっとした様子でぎこちなく離れる。

恵が甘えてくるのは、いつものことだ。何も変わったことはない。自身にそう言い聞かせ、六実はこわばった顔に笑みを貼り付けて「お疲れ様です」と応えた。

「ご飯、終わっちゃいました？」

篠塚は一瞬、その糸目をさらに細めたが、すぐにいつもの飄々とした笑顔になった。軽い口調で尋ねてくる。

「あ、はい。今からコーヒーを淹れようかと」

篠塚にもコーヒーを勧めると、固辞された。

「ちょうど良かった。実は予定が少し早まったんです。恵。支度ができてるなら、もう出てもいいかな？」

「は、はい」

もの柔らかな口調の中に強いものを感じる。恵も気圧《けお》されたように返事をしてから、心配そうに六実を見た。大丈夫だ、というようにうなずいて見せる。

予定が変わるのは珍しいことではない。食事の途中で、家を出なければならなかったこともある。

篠塚に不自然なところはないのに、どうしてか、六実の心臓はどきどきと緊張に脈打った。こちらに、疚《やま》しいことがあるせいだろうか。

「じゃあ、帰りは深夜以降になると思います。また、連絡します」

玄関先でそう言った時も、篠塚の態度は何ら変わりがなかった。

ただ、恵と言葉を交わす機会はなく、篠塚の肩越しに気がかりそうな恵の表情を見たのが最後だった。

(もしかして、気づかれた?)

二人が出かけた後、だるい身体をソファに預けて、しばしの間、煩悶《はんもん》した。

(でも、何とかしないとな)

恵と関係を持ったことが篠塚に知られたら、引き離されるに決まっている。このまま素知らぬふりをしているのが一番穏便に済ます方法だろうが、恵は真っ直ぐな人間だ。黙っていられるだろうか。

恵とこうなったことを、後悔はしていない。ただ、展開が急すぎて戸惑っている。これからどうすればいいのか、どうしたいのか、自分でもよくわからなかった。

少し休んだ後、昨日そのままだった恵の部屋の後始末を始めた。一人で汚れたシーツを洗っていると、少し物悲しい気持ちになる。身体もだるかった。だが恵は、これから夜まで、ほとんど休息なく仕事をしなければならないのだ。

掃除がほぼ終わった頃、部屋のインターホンが鳴った。このマンションに訪れる者はほとんどいない。誰だろうとインターホンのカメラを見ると、篠塚だった。

「え、篠塚さん？」

仕事に出かけてから、まだ一時間ほどしか経っていない。それに彼は合鍵を持っているから、勝手に入れるはずだった。鍵を失くしたのだろうか。

慌てて迎えに出ると、篠塚が先ほどと同じくにこやかに入ってきた。

「どうしたんですか。恵は？」

「もちろん、仕事です。テレビ局にいますよ。ちょっと剛志さんと、二人で話したいことがありまして。私だけ戻ってきたんです」

嫌な予感がした。だがそのまま玄関先にいるわけにもいかず、先に立ってリビングへ向かう。その後ろから、篠塚がついてきた。

「この間、ドラマの収録で葛和さんにお会いしたんです。その折に、気になることを言われましてね」

「ど、どんなことです」

「剛志さんが、『そっち』の人でしょ、と。そっちがどっちなんだか、私にはさっぱりわからなくて」

曖昧《あいまい》に濁していたら、葛和はニヤニヤと笑いながら、「マネージャーさんは気づいていないんだね」と言ったのだそうだ。

「それで何となく、『そっち』の方向の見当がついたんですが、その時はまさかと思いました。私には、ゲイかどうかなんてわかりませんからね」

ゲイ、という言葉に、どきりとした。腋《わき》に嫌な汗が流れる。

「今朝、キッチンにいる二人を見て、急に葛和さんの言葉を思い出したんです」

「篠塚さん……」

何か、今すぐ言い訳をしなければ。だが六実の呼びかけを遮って、篠塚は言った。

「剛志さん。その首のキスマーク、恵が付けたんですか」

その言葉に、六実は思わず首を手で覆った。慌てて振り返ると、篠塚はふっと皮肉げな笑みを浮かべた。

「嘘ですよ。跡が付いてるのはそっち、鎖骨のところです」

見ると、確かにTシャツの襟《えり》から鬱血《うっけつ》の跡が覗いていた。

「残念です、剛志さん。あなたのことを本当に信頼していたのに」

声はいつもの彼の声だった。ただ眼鏡の奥の瞳が、悲しげに六実を見つめていた。

七津島に行くには、船を乗り継いで一日かかる。

空路を使えば、途中の島まで一時間で行けるのだが、急なことで航空チケットが取れなかった。思い立って出発したその日が土曜日だと気づいたのは、空港のカウンターで空席の確認をしていた時だ。

どうせ時間はあるのだからと、そのまま旅行の荷物を提《さ》げて港へ向かった。

夜行便で十時間以上揺られ、小さなフェリーに乗り替えて約二時間。ヘリコプターもあるが、運賃がかなり高い。

島と島を結ぶフェリーは一日に二本。それも潮の関係で、晴れの日でも欠航の場合が度々あるという。初めて七津島に行くと言ったら、乗り継ぎフェリーの発券所のおばさんに、「運がいいわよ」と言われた。

運て何だろう、と、フェリーの窓から波間を見つめながら思う。一度は職も恋人も失って、流されるまま職を得て、棚ぼた式に好きな人と抱き合えた。そうかと思ったら今はまた、両方を失っている。

恵のマンションを出てから三日。

篠塚に関係を言及された後、すぐに荷物をまとめて出て行った。恵とは連絡を取っていない。携帯電話は解約して、番号を変えた。篠塚との約束だった。

『私の采配《さいはい》ミスです。恵のことを大切にしてくれたし、恵もあなたに懐いていた。多少の依存関係ならば問題ないと思っていましたが、セックスが絡めば話は別です。依存を恋だと思い込んだ恵は、今よりもっとあなたにのめり込んでいくでしょう』

『依存……』

『ええ、そう。恋愛ではなく依存ですよ。恵のあれは。剛志さん。あなたは恵の本当の性格を目にしても馬鹿にしたりしなかった。ありのままを受け入れてくれた。私も嬉しかったです。あなたは、恵の全てを受け入れて、決して否定することはなかったから』

あれをしろ、これはだめと命令することはない。ありのままを受け入れて、褒めて甘やかして、傷を癒《いや》してくれる。

自由を制限され、孤独を抱えていた恵にとっては、さぞや居心地が良かっただろう。

『今はそれで、二人の関係は上手くいっているかもしれません。でも、あなたが一度でも恵を否定したら、バランスは崩れてしまう。或《あ》いは、あなたに甘やかされた恵は増長して、いつかあなたにとって重荷になるかもしれない。恵が剛志さんとの恋愛にうつつを抜かして、ハメを外しそうになった時、あなたは恵に、それは良くないことだと毅然《きぜん》とした態度を取ることができますか？　お互いを甘やかすことしかできない肯定だけの関係なら、二人は一緒にいるべきではありません』

肯定だけの関係。その言葉に、六実ははっとした。

初めて会った時から、六実は特別だったと恵は言った。それが全ての始まりだったのではないだろうか。

情けない姿を見せても軽蔑しない、何をしても許して受け入れてくれる存在。それが六実である必要はなかった。ただ肯定してさえくれれば。しかし、それは恋愛ではない。

（そうだ。それに俺は、恵を騙している）

恵が怯えている理由は自分だった。最初は知らずに出会ったとはいえ、今はわかっていて黙っている。もし恵に真相を打ち明けたら、それでも恵はまだ、自分を好きだと言ってくれるだろうか。

そう考えるともう、自分の心さえ見えなくなった。恵が好きだ。でもそれは、ファンとしての「好き」だった時と、違う気持ちなのだろうか。

『恵に愛情があるというなら、どうか別れてください』

頭を下げた篠塚に、六実は何も言い返せなかった。六実自身が、別れるべきだと結論を出してしまったからだ。恵の気持ちを、信じることができなかった。

六実は篠塚に言われるまま連絡先を変えることを約束し、恵が仕事に行っている間に荷物をまとめ、マンションを出た。

『あなたがいなくなったと知ったら、あなたのアパートに行くと言うかもしれません。しばらく、どこかホテルにでも泊まっていてもらえませんか』

いつの間に用意したのか、篠塚は結構な額の現金を渡そうとしたが、断った。

『でも、これからしばらくは収入もないでしょう。こちらが契約を一方的に解除するのですから、仕事の違約金と思ってください』

『貯金がありますから。しばらくは、友達の家にいます』

仕事の違約金と言ったが、手切れ金のつもりなのだろう。それだけは受け取れないと思った。

篠塚の言うとおり、この関係は依存なのかもしれない。でも、それでも真剣だったのだ。恵だって真面目で純粋だった。金を受け取ったら、二人で過ごした楽しい思い出も全て汚されてしまう気がした。

アパートに戻ると、荷物をまとめ直して再び家を出た。篠塚との約束通り携帯電話を新しいものに変えると、その足で空港に向かった。七津島に行こうと思いついたのだ。

恵の故郷を見てみたかった。そこへ行って、気持ちの整理をつけようと思った。

中継の島からフェリーに揺られて二時間。だが船から降りた時、六実は船酔いでフラフラだった。島の周りは波が荒く、船が揺れるとは聞いていたが、ここまでとは思わなかった。

「お兄さん、大丈夫？　船揺れたでしょ」

船着き場で、フェリーで届いた物資を運んでいた初老の男性が、よろめいている六実に声をかけてきた。

「はい。かなり」

吐きけを堪えて答えると、あははと笑われた。数メートル先にあるフェリーの待合所を教えられ、ふらつきながら中に入った。

併設された小さなお土産コーナーでジュースを買って、一息つく。さてこれからどうするのか。実を言えば、今日の宿も決めていない。

事前に調べた観光案内によれば、島の中心部に一件だけ民宿があるという。まずは宿に行くことにして、土産物コーナーの中年女性に道を聞いた。

「あら。民宿は今、やってないわよ」

あっさり帰ってきた答えに、愕然《がくぜん》とした。

「民宿やってたおばあちゃんが、腰痛めて入院してね。今日は泊るつもりだったの？」

観光シーズンではないから、予約なしでも大丈夫だろうと、行き当たりばったりだったのがいけなかった。

慌ててフェリーの発券所で帰りの船の時間を見る。あと十分で出航だった。まだ船酔いは完全には治まっておらず、このまま船に乗るのは辛かったが、これを逃すともう、船はない。

意を決してフェリーのチケットを買おうとしたら、先ほどの女性が声をかけてきた。

「役場の隣に公民館があるから、そこで良かったら泊まって行ったら？」

「そんなことできるんですか」

六実の顔がぱっと輝いたのか、女性は笑いながら「大丈夫よ。ちょっと待ってて」と言い、先ほど船着き場で物資を運んでいた男性に何やら話しかけに行った。

二人が言葉を交わしているのが待合所のガラス越しに見えて、男性が六実に手招きする。戸惑いながら外に出ると、

「この人、役場の近所に住んでるの。役場まで車で送るから」

と、女性が説明してくれた。「歩くと遠いんだよ。バスなんかないしね」と、男性。礼もそこそこに、六実はあれよあれよと男性の軽トラックに乗り込んだ。

「東京から？　また、こんな辺鄙《へんぴ》な島によく来たねえ。まあ、ここも東京って言ったら東京なんだけどさ」

男性は高橋《たかはし》と名乗り、六実が東京から来たというと、感心したように目を瞠った。観光に来たの、と聞かれたので、思い切って高城家の墓はどこかと尋ねてみた。

恵の代わりに、一度参ってみようと思っていたのだ。完全な自己満足だが、島に帰っていないという恵の言葉がずっと気にかかっていた。

「お兄さん、恵の友達？」

高城と聞いた途端、高橋氏はおやっという顔をした。

「友達というか、少し前まで、恵君の付き人をやらせていただいていて……」

恵との関係をどう説明すべきか迷い、結局そのまま話した。「付き人！」と彼が楽しげに返す。

「付き人が付くなんて、恵もすっかり芸能人だねえ。島の人間はみんな、恵の出てる番組は欠かさず見てるよ。なんだ、恵の知り合いか。ならうちに泊まればいいよ。恵の家の隣で、お墓もすぐそばだから」

隣って言っても離れてるけどね、と、あっけらかんと言う。

そんな、素性の知れない自称『恵の知り合い』をあっさり家に入れて大丈夫なのか。自分が怪しい人物だったらどうするのか。戸惑いながら言うと、彼は笑った。

「怪しい人は自分から怪しいって言わないでしょ。それに、恵がこの島の出身だって知ってる人は少ないよ。私らもずいぶん恵に会ってないから、良かったら話を聞かせてくださいな」

高橋氏は言って、人懐こい笑顔を見せた。少しはにかんだような笑顔は、この島の人たちの特徴なのだろうか。恵を思い出して、胸が痛くなった。

軽トラックはなだらかな山道を登って島の中心部に向かった。中心が集落になっているらしく、山の途中からぽつぽつと民家を見かける。やがて小さな役場を通り過ぎた、平屋建ての家の前でトラックは停まった。

「高城さんちはこの先ね。墓場はうちと、高城さんちの間の山道を登ったところ」

特に急いでもいないので、墓参りは明日することになった。

「うちは飲み屋やってるから、ちょっと夜はうるさいけど。奥の部屋は静かだからさ」

そう言われて良く見ると、表札の隣に手作りらしいタイルの看板で『スナックひふみ』と書かれてあった。家の作りはどう見ても個人住宅だが、庭に面したリビングを開放して、スナックにしたのだそうだ。

先ほどフェリー乗り場で下ろしていた積荷は、酒やつまみのストックだそうで、六実は荷運びを手伝った。奥には高橋氏よりかなり年嵩《としかさ》の、顔だちのよく似た男性がいた。

「兄さん、東京から来た剛志さん。恵の知り合いだって」

キッチンからエプロン姿で現れた男性は、「恵の?」と、驚きながらも喜んで迎えてくれた。

「ちょうど今、仕込みしながら、恵の出てるドラマ見てたんだよ」

嬉しそうに言う兄は「一郎《いちろう》」、車に乗せてくれた高橋氏が「三郎《さぶろう》」だという。「二郎《じろう》」は村長で、昼間は役場にいるのだそうだ。

荷物を運び終えると、三郎が奥の客間に案内してくれた。

「男所帯だから、どこでも好きに出入りして。ゆっくりしてってくれていいよ。あ、でも冬までいるなら、その恰好じゃさすがに寒いから、何か探さないとね」

「えっ、冬っ?」

今は春で、冬はずっと先だ。今日明日の話ではない。そこまで泊めてくれるつもりだったのか。ゆっくりするにもほどがある。

一郎に入れてもらったお茶で一服し、客間で少しうとうとしているうちに、夕方になっていた。夕飯ができたよという声で目が覚めて、食堂に行くと、一郎と三郎の隣りに、よく似た顔がもう一つ増えていた。二郎である。

「恵の友達だって?　うちの末の息子が、恵と一緒に学校に通ってたんだ」

その息子も今は海外にいるのだそうだ。四人で食事をして、食べ終える頃に、庭から人が入ってくる。スナックの客で、それが一人増え、二人増えして一時間も経つと十人近くになった。

「恵の友達が来てるって言うから」

六実の話を聞こうと、集まってきたらしい。男性も女性もいたが、お年寄りばかりだった。高橋三兄弟がこの中では一番年下だ。若い人はほとんど島を出ていないらしい。

「ジジババばっかでしょ。みんな恵のこと可愛がってたから、話が聞きたくてしょうがないんだよ。悪いけど、ちょっとだけ相手してあげて」

これが恵の友達かと、来る度に客に言われて戸惑う六実に、三郎が苦笑しながら言った。

「いえ。俺も島での恵のことを聞いてみたいです。そんなに長く一緒にいたわけじゃないけど、彼も故郷のことを懐かしがってたから」

決して故郷を忘れたわけではない。帰りたくても帰れないのだと知ってほしかった。だが六実が多くを語らなくても、みんなわかっているようだ。

「みんなそういうもんだよ。この島の人間はみんなそう。遠い土地に行って、若い時は生活に忙しくて、帰りたくても帰れないの。頑張ってるんでしょう。それでいいんだよ」

誰かが言った言葉に、みんなしみじみうなずいた。

「俺も昔は都会にいたけど、一度も帰らなかったもんなあ。帰った時には、親父もお袋も死んでしまっててね」

三郎がキッチンカウンターから言うと、一郎と二郎が口々に「それはお前が行方不明だったからだろ」「知らせようにもどこにいるかわからないし」と、呆れたように言った。

言われた三郎はバツが悪そうに頭をかき、みんな笑ったが、きっとそれぞれに色々な人生があったのだろう。

それでも不思議と、彼らには屈託《くったく》がない。凪《な》いだ波のように穏やかで、明るい顔をしていた。

みんな酒の肴《さかな》に、六実の話を聞きたがった。六実が語れることはそう多くはなかったが、それでも熱心に耳を傾けていた。

「元気そうで良かった。静子さんが亡くなって、島を出る時の恵は、そのまま消えてしまうんじゃないかってくらい、落ち込んでたからね」

二郎がしんみりと言った。兄弟たちがうなずく。

「テレビでは、青白い顔して澄ましてる姿しか見えないからな。あいつは気が優しいから、芸能界でいじめられてるんじゃないかって、みんな心配してたんだよ」

クールな澄まし顔は演技だと、子供の頃から恵を知っている彼らにはちゃんとわかっていたようだ。

(恵。みんな、わかってくれてたよ)

その夜は遅くまで飲んで、翌日は昼頃に起き、高橋の三兄弟と墓参りに行った。

島の住民が眠る墓は、山の高台にあった。そこから海を一望できる。どの家の墓も、綺麗に掃除が行き届いていて、島に残った人たちが頻繁に訪れていることが窺えた。

「ここが静子さんたちのお墓」

周りと同じ、ごく普通の墓石。地面は鮮やかな緑に苔生《こけむ》して、墓石だけが綺麗に磨き上げられている。

墓の周りを掃除して、二郎がどこかの家からもらってきた花と線香を供えて四人で手を合わせた。

「静子さん、恵は元気にやってるってさ。安心したよ」

一郎が、すぐ目の前に静子がいるように話しかける。最後の言葉はほっと息を吐くように呟かれた。

離れている五年間、彼らが恵をずっと気にかけていたのだと、六実は実感する。

(本当に、いいところだね、恵)

恵と、島の話がしたいと思った。スナックに集まった老人たちの酒豪ぶり、島に帰ってきた者、出て行った者のこと、みんな恵の出演する作品は欠かさず見ていて、一家に一台テレビの録画機が普及したこと。恵の映画を見るために、隣の島の映画館まで足を運んでいること。

(君に会いたい)

顔を見て、キスをして、抱きしめたい。離れて切なく思う、この感情は依存なのだろうか。恵のファンだから、ただそれだけだろうか。

(俺は君が好きだ)

最初はただファンとしての好意だったかもしれない。けれどいつの間にか、あの繊細で優しい男を可愛い、愛しいと思うようになっていた。

帰ったら、恵に会いに行こう。篠塚を説得しよう。女装をしていたことも告白して、そうして許されるならもう一度、今度は流されて関係を結ぶのではなく、自分からきちんと愛を伝えたい。

強い海風が、六実の背中を押すように、山を登って吹き抜けた。

結局一週間ほど、六実は島にいた。昼は三郎に付いてフェリーからの物資の荷運びや、家の裏の畑を手伝い、夜はスナックで客たちと飲んで楽しんだ。

好きなだけいればいい、と三郎たちは言ってくれたが、墓参りに行った日から、一週間で帰ることを決めていた。きちんと決めておかないと、島は居心地が良すぎて、帰れなくなってしまいそうだったのだ。

「またいつでもおいで」

出発の日、高橋の三兄弟だけでなく、スナックの常連たちもフェリー乗り場まで見送りに来てくれた。

改めて礼を言うと、「こちらこそありがとう」と、兄弟たちに礼を言われた。

「恵の話が聞けて良かった。これからは私らからも、恵に連絡を取ってみるよ」

ずっと没交渉だったのは、里心がつくのではないかという配慮からだったという。恵が島を出る時、篠塚にこちらから言うまで連絡しないでほしいと言われたのだそうだ。

あの頃の恵は、祖母を亡くしたばかりで、島を離れるのも渋っていた。島の人たちが辛いなら帰ってこい、と言ったら、すぐにでも引き返してしまいそうな雰囲気だった。篠塚は恵の心変わりを懸念していたようだという。

「あのモヤシメガネのマネージャーさんも、悪い人じゃなさそうだけどさ。高城静子の孫をスターにするんだって、使命感がすごかったんだよね」

当時の篠塚の気迫を思い出したのか、三郎たちは苦笑いしていた。モヤシメガネ、という言い得て妙なあだ名に、六実も思わず笑ってしまう。

別れを惜しみながら島を後にして、再び激しい船酔いを味わいながら、六実は都心に帰ってきた。

自宅のアパートに戻ってまず最初にしたことは、篠塚と連絡を取ることだった。とはいえ、ただ連絡をしても応えてくれるはずがない。

『ストーカーの件で、話があります。会って話をさせてください』

そんな一文と共に、篠塚のメールに自分の連絡先を送った。半日後、返事はメールではなく、電話できた。

『どういうことです。一切連絡をしないでくれと言ったはずですが』

冷たく少し苛立った篠塚の声を、懐かしいと感じてしまう。

「すみません。でも、ストーカーの犯人のことをどうしても伝えたくて。会って話をさせてほしいんです。会わないとたぶん、伝わらないと思うんで」

本当は一番最初に、恵に言いたかった。ストーカー犯は自分だと。

しかし、マンションの鍵は返してしまったし、篠塚の目を盗んで恵と会うことは不可能だ。

『……では、明日の午後五時ぴったりに、うちの事務所に来てください。受付に言えば通してくれるように、話をつけておきますから。ただし一分でも遅れたら、お会いしませんよ』

わずかな間の後、篠塚は素っ気なく言い、六実が礼を言う前に電話は切れた。

以前とは別人のような篠塚の対応に悲しくなったが、傷つく権利はない。六実はずっと、彼らを騙し続けていたのだ。これはその、当然の報いのように思えた。

その日は、長いこと留守にしていたアパートの掃除に費やした。翌日、午後になると、六実は寝室のクローゼットから女装道具を引っ張り出し、久しぶりに女の姿になった。

自分がストーカー女性であると告げても、篠塚は信じてくれないかもしれない。だから女装をして会いに行くことにしたのだった。

女物の服をあれこれ吟味して、一番地味なブラウスと膝丈の黒いスカートを身に着ける。

首はスカーフで隠すことにした。

メイクも地味に、一目で六実だとわかるくらいに薄くして、ロングソバージュのウィッグを被る。

「完璧……じゃ、ないな」

鏡に映った自分が女性に見えなくて、悲しかった。以前は、自分のことを客観的に見ることができなかった。

「これじゃあ、恵が怯えるのも当然だよな」

つばの広い帽子を被り眼鏡をかけ、パンプスを履いてアパートを出る。

以前は女装をしても電車で移動ができたが、今は恥ずかしくて、近くでタクシーを呼んだ。男の声で行先を告げた六実に、運転手ははっとした表情でバックミラーを覗いたが、何も言わなかった。

六実も話しかけられないよう、顔を伏せる。幸い、道路が渋滞することもなく、タクシーは二十分ほどで恵の所属する事務所のビルに着いた。

思っていたよりもこじんまりとした建物だ。エレベーターで事務所のある階まで上ったものの、事務所の入り口と思われるドアは固く閉ざされていて、どうすれば入れるのかわからない。狭い廊下には受付はおろか人影すらなく、ドアの上部に防犯カメラがあったが、呼び鈴は設置されていなかった。

途方に暮れていると突然、後ろのエレベーターが開いた。中から警備員とおぼしき初老の男性が二人、現れる。

「ここで、何をしてるんですか」

警備員はまっすぐに六実に向かい、一人が威圧的な口調で言った。

「え、あの」

「ちょっと、下の警備員室まで来てくれる」

言って、六実の腕を乱暴に摑む。何がなんだかわからなかった。

「離してください。あの、ここの人と約束があって」

必死で話をしたが、二人はまるで六実の声など聞こえないように、無理やりに引きずろうとする。無理に腕を引かれ、履きなれないパンプスに足を取られて転んでしまった。

すると腕を摑んでいた警備員も、咄嗟に手を離せなかったのか、六実に引きずられるようにして倒れ込んだ。

「抵抗するなら、警察呼ぶよ！」

転んでバツが悪かったのか、大きな声で怒鳴られた。警備員は立ち上がったが、六実は許されず、そのまま床に座らされた。もう一方の警備員は、襟元に付けたインカムで「捕まえました」と誰かに告げている。

「な、何なんですか、いきなり」

「何ですかはこっちのセリフだよ。男のくせに女の格好で若い男のストーカーなんかして、恥ずかしくないの？」

ストーカー、という言葉に思わず息をのんだ。どういうことだろう。真相を告げる前から、警備員は既に六実がストーカー犯だと知っているのだ。

（どうして……俺、もうずっと、女装してないのに）

いつどこで知られたのだろう。いやそれより、篠塚はこのことを知っているのだろうか。混乱する中、固く閉ざされていた事務所のドアが乱暴に開いた。中から現れたのはスーツの若い男性と、篠塚だった。

「篠塚さん」

見知った顔に救われたような錯覚を起こし、六実は思わず声を出した。呼ばれた篠塚は一瞬、ぎょっとした顔でこちらを見る。

「ご……剛志さん？」

細い目をこれ以上ないほど大きく開き、篠塚は信じられないものを見るように六実の姿を何度も見た。

「ストーカーは、あなただったんですか？」

「ごめんなさい。でも、俺……」

ストーカーをしているつもりはなかった。そう言いかけて、それがどれほど馬鹿げた言い訳か気づく。自覚はなかった。だが気づいてからも、六実は自分の正体を黙って彼らを騙し続けていたのだ。

ごめんなさい、と言外に肯定した六実に、篠塚は一瞬、呆然とした後、泣き出す寸前のような、悔しそうな顔をした。

「私は、自分の人を見る目に自信がなくなりましたよ。あなたがそんな人だったとは」

六実は黙ってうなだれた。そうすることしかできなかった。

「私がクビにした途端、すぐにまた恵のストーカーを始めたってことですね。あんなものを送りつけたのは、私に対する嫌がらせですか」

「あんな物？」

何を言っているのかわからなくて、思わず顔を上げた。何を送ったというのだろう。だが篠塚は、蔑むようにこちらを見ている。

「もう、とぼけなくていい。女物の下着を送ってきたのは、あなたでしょう。一緒に付いていた手紙の筆跡が、今までのものと一致しました。下着に精液が付いていたから、もしかしたら男性かもしれないと思っていましたが、まさかあなただったとはね」

「下着？　手紙って」

「あなたが過去に送ってきた、気持ちの悪い手紙の数々ですよ」

そんなもの、送った覚えはない。ファンレターを書いたことはあるが、そこまで気持ちの悪い内容だっただろうか。自分では、ごく普通に作品の感想を述べただけだと思っていた。それに、精液の付いた女性の下着なんて、絶対に送っていない。

「違う。それは、俺じゃないです」

何かがおかしい。お互いにひどい思い違いをしている気がする。

「もういいです。あなたの言葉なんか聞きたくない」

行ってください、と篠塚は吐き捨てた。

「一度だけ、見逃してあげます。でも二度目はない。次に何かやったら、今度は警察に突き出しますから」

二人の警備員に、「外まで送ってください」と告げる。犯人を逃がすという篠塚に、警備員たちは非難の目を向けたが、篠塚は「この人の素性はわかってますから」と冷たく言い放った。

「篠塚さん、違います。俺は下着なんか送ってない。手紙は送ったかもしれないけど、でも」

「わけがわからないことを言わないでください。手紙と下着は一緒に送られてきたんですよ」

「だから、それは俺じゃない」

必死で訴えたが、両脇から警備員に腕を抱えられた。エレベーターの扉の脇まで引きずられる。

と、騒動の間も昇降を繰り返していたらしいエレベーターが、警備員たちがボタンを押す前にポン、と軽い電子音を立てて扉を開いた。

中から現れた人物を見て、驚く。恵だった。

「六実さん！　篠崎さん、六実さんはどこです。来てるんでしょう」

恵は篠崎しか見えていないのか、警備員とその間に挟まれた六実を素通りして、篠崎の方へと歩み寄る。

篠崎は答える代りに、「恵、仕事は？」と咎《とが》めるように聞き返した。

「仕事なんかどうでもいい。六実さんに会わせて」

その真剣な横顔を見ながら、六実は惨めな自分の姿を束の間忘れて、嬉しいと思った。

恵の恋が、一過性の熱かもしれないと怯えていた。顔を見ないでいたら、熱は冷めてしまうかもしれないと。だが恵はまだこうして、六実に会いたいと言ってくれる。

篠塚は小さく舌打ちし、無言のまま、視線を六実へ移した。それに誘われるようにして、恵がこちらを振り返る。

焦点が六実を捉え、大きく見開かれていく。そこに怯えの色が混ざっていて、六実は絶望した。

「そちらが剛志さんだ」

ぽかんと口を開ける恵に、篠塚は極めて冷静な声で言った。

「六実、さん……」

「ストーカー犯は、彼だったんだよ。彼は自ら女装をしてここまで来た。すみません、連れて行ってください」

最後の言葉は、警備員へ向けられたものだ。再び両腕を引きずられ、空いたエレベーターに放り込まれた。

「違う。聞いてくれ、恵。俺は君の家を出てからずっと、七津島にいたんだ」

言い募る目の前で、無情にもエレベーターの扉は閉まった。六実を拘束していた警備員たちの、呆れたようなため息が聞こえる。

一階まで降りると、ビルの入り口で文字通り叩き出された。

「もう次はないからね。五分以内に立ち去らないと、警察を呼ぶよ」

強い口調で言われ、のろのろと立ち上がると、どうしてか警備員の片方が六実の頭を見てぷっと笑った。髪に手をやると、ウィッグがずれている。きっと、滑稽《こっけい》だったのだろう。

どうにかウィッグを被り直し、歩いて地下鉄に乗った。大通りに立って、タクシーが来るのを待つ気力は、もう六実には残っていない。

警備員ともみ合ったせいで服は乱れていたし、きっとみっともない姿なのだろう。周りの人間がみんな、自分を笑っている気がする。何も考えないようにして、電車に乗っている間はずっと、顔をうつむけていた。

それからアパートまでの道のりを、よく覚えていない。日が沈み、暗くなった道の向こうにようやく自宅が見えても、不思議と安堵はこみあげてこなかった。

あの真っ暗な部屋に帰って、それから自分はどうすればいいのか、もう何も考えることができなかったのだ。

部屋の前に立って鍵を開ける。かちゃりとシリンダーの回る音がしてドアを開けると、わけもなく涙が出た。

「もうやだ。死んじゃいたい」

小さく呟いた、その時だった。

「じゃあ死ねよ、ビッチ」

背後で不意に見知らぬ声が上がった。振り返ると、驚くほど間近に一人の女が立っていた。

黒いフリルのワンピースを着た、小太りの女。黒いロングソバージュをうつむけて、目だけがぎょろりとこちらを睨んでいた。

「死ねっつってんだよ」

低く女がうなる。いや、

（この声……男？）

女の顔が上がった。太い首と四角い顔の輪郭があらわになって、ああやっぱり男だと確信する。女装をした男だ。

ぼんやりと気づき、男がぬっと太い腕を突き出すまで、実際にはほんの数秒だったのだろう。

考える暇など与えられなかった。男の手に握られた何かが六実の首筋に押し当てられ、激痛が走る。我知らず口から出た自分の叫び声を聞きながら、六実の意識は暗転した。

「ふざけんな、クソ。クソが。死ね」

遠くで男が、壊れた再生機のように悪態を繰り返している。六実は体中の痛みに耐えかねて目が覚めた。

まぶたを開けると、オレンジ色の照明に照らされた床が見える。玄関先の廊下だった。

(そうだ、さっきの)

突然、見知らぬ女装男に襲われたのだ。玄関を入る前に襲われたから、恐らく男は六実を中まで引きずったのだろう。

「う……」

身体を動かそうとすると、首から肩に痺れたような違和感があった。自分の身に何が起こったのかわからず、怖くなる。逃げなくてはと思い立って、自由のきかない身体を懸命に起こそうとした。

「動くな、バカがぁ！」

途端、後ろから怒声が飛ぶ。背中を思い切り蹴《け》られて一瞬、息が詰まった。床に転がったまま身体を丸めて咳《せ》き込む六実に、今度はケタケタと笑いが上がる。ぬっと目の前に男の顔が覗き込んできた。

「ざまあみろ。お前が悪いんだからな」

素顔にピンクの口紅とアイシャドウだけを塗った四角い顔が嘲笑する。こちらを覗き込んだ拍子にソバージュのウィッグがぱさっと廊下に落ちたが、本人は気にしていないようだった。

男が何者なのか、どうして自分が襲われているのかさっぱりわからない。ただ至近距離でその顔を見た時、どこかで会ったことがある気がした。

どこでだったのか。必死で記憶を手繰る。

「後から来て俺の真似しやがって。恵は俺のものなんだからな」

その言葉に思わず、床に落ちた男のウィッグを見る。

（こいつが、ストーカーだったのか）

女装をして恵に付きまとっている男が、六実の他にもいたのだ。「俺の真似」ということは、この男の方が先だったのだろう。

最初に映画館で出会った時、恵が女装をした六実を見て逃げたのは、この男と六実を間違えたからではないか。

「俺の方が恵を大事にしてる。なのにあのクソマネージャー、お前なんか付き人にしやがって。何なんだよお前、邪魔なんだよ」

最後に男が吐き出した言葉に、強い既視感を覚えた。同じ言葉を、以前に言われた気がする。考えて、ようやく思い出した。

「お前、あのロケの時にいたスタッフか」

山中でのロケで突然の雨で撤収作業をしていた時、スタッフに怒鳴られている男がいた。小太りのその男は、六実に「邪魔なんだよ」と吐き捨てたのだ。

(本当にいたのか)

恵が視線を感じると言っていた。気のせいではなかったのだ。

(もっと、ちゃんと話を聞いてやればよかった)

いやそれより、最初から女装をしていたことを告げていればよかった。後悔したが、もう遅い。

暗い廊下で、カチカチという音と共に、男の手元でわずかな光が明滅する。よく見るとペンライトのようなものを握っていた。さっき玄関先で、六実を襲ったものだ。恐らく、スタンガンだろう。

「お前の女装は気持ち悪いんだよ。どう見ても、俺の方が可愛いだろ！　なのに！　どうして！」

癇癪《かんしゃく》を起こした子供のように、男が廊下で地団太《じだんだ》を踏む。甲高い声で叫ぶ男は、どう見ても尋常ではなかった。

「俺の方が前からファンだったんだ。恵のそばにいるために、頑張ったのに。お前なんか、お前なんかっ」

足にスタンガンが押し当てられ、またもや激痛が走った。

「うあぁっ」

転げまわる六実に、男はグフグフと気味の悪い笑い声を立てる。

「ざまあみろ」

ゾッと肌が粟立った。拳を振り立ててくる不良なら、怖くない。しかし、幼稚な態度と人が苦しむのを見て楽しむ残酷さに、得体の知れない恐怖を感じる。

早く逃げなければと思うのに、痛みに身体が動かない。

「死にたいんだろ。殺してやるよ。もっと苦しめてからな」

ニヤニヤと笑って、男がゆっくりと近づいてくる。持っているスタンガンを芝居がかった手つきで掲げ、さっきと同じ足に触れた。

六実はまた、悲鳴を上げてのたうった。ずるずると這いずって逃げる六実を、男が笑いながら追いかける。

自分はここで死ぬのだと、絶望の中で思う。最後にもう一度、恵に会いたい。

未練たらしくそんなことを考えて、だから「六実さん」という恵の声を聞いた時、六実は都合のいい幻聴を聞いているのだと思った。

「六実さん、開けて。そこにいるんだろ」

今度ははっきりと聞こえた。続いてドンドンと玄関のドアを叩く音と、「恵、やめなさい」とたしなめる篠塚の声がする。

「六実さん、頼むから開けて。話をさせて」

隣で「なんでっ」と素《す》っ頓狂《とんきょう》な声が上がった。振り仰ぐと、男がオロオロとうろたえている。その姿に後押しされて、六実は喉を振り絞った。

「……けて。恵、助けて」

怖い。死にたくない。恵に会いたい。ようやく声が出た途端、肩に痛みが走り、のたうち回った。

「黙れ、黙れよブス！　恵は俺に話してんだよぉ！」

ブス、ブス、と吐き捨てながら、男は倒れこんだ六実の肩を何度も蹴った。スタンガンに比べれば、素人の蹴りなど大した威力ではないが、それでもやはり痛い。

「六実さん！」

悲愴な恵の叫びの後に、激しくドアを蹴るような音がした。音は何度も続き、やがてドアが外側からべこりとへこむ。それに勢いをつけたのか、さらに激しくドアが蹴られ、数秒後、玄関ドアは蹴破られていた。

「六実さんっ」

文字通り、恵が飛び込んでくる。その背後に篠塚と、数名の男性が見えた。

「恵、このブスがひどいんだよ！」

叫んだのは男だった。何を言っているのかと、六実は唖然とする。恵も、宇宙人でも見るような目で男を見ていた。しかしその足元に六実がうずくまっているのを見て、表情が消えた。

「恵、気をつけて。こいつ、スタンガン持ってる」

近づいてくる恵に、慌てて声を振り絞った。「うるせえ、ブス」とお決まりの文句を吐いて、男が六実の身体を蹴り上げる。

と、その男が目の前から消えた。……ように見えた。

大きな音に振り向くと、廊下の奥へ男が倒れているところだった。

「汚い足で、六実さんに触るな」

低く淡々とした声で、恵が言った。男が驚愕に目を見開き、ぶるぶると震えている。

「け、恵。俺だよぉ。君の恋人じゃないかぁ」

篠塚の「はあっ?」とキレかかった声が戸口で聞こえたが、恵は表情すら変えなかった。

「お前なんか知らない。俺が愛してるのは、六実さんだけだ」

きっぱりと言い切る。六実は痛みも忘れて恵の顔を見た。その視線に気づいたのか、相手もこちらを見る。目の前の男を無視して、六実に近づいた。

「六実さん、大丈夫? 怪我は?」

後ろで男が「恵ぃ〜」と情けない声を上げたが、恵はそれを冷たく一瞥《いちべつ》し、篠塚を呼んだ。

「この人が、真犯人でしょう? 捕まえてください」

篠塚は一瞬、気圧されたように息をのみ、それから慌てて背後にいた数人の男性に声をかけた。それを合図に、男たちが中に入ってくる。取り囲まれると、女装男はすぐに大人しくなった。

「首が赤くなってる。痛い? もうちょっと頑張ってね。今、病院に運ぶから」

抱き起こされ、まくしたてるように言われて焦った。何だか恵が、恵ではないみたいだ。

「ごめん。さっきすぐに、呼び止めればよかった。俺、びっくりして動けなかったんだ。あなたが犯人じゃないって、見てすぐにわかったのに」

「俺、でも、あの……」

言いかけて、最後まで言葉にならなかった。恵が人目もはばからず、六実にキスをしたからだ。男性スタッフに拘束された女装男が「ひいっ」と、悲鳴を上げるのが聞こえた。

「詳しい話は後でね。早く病院に行こう?」

言うやいなや、恵の腕に抱え上げられる。

「恵、目立ちすぎだよ」

後ろから、篠塚がオロオロした様子で追いかけてきたが、恵は意に返さない。六実は恵の腕の中でただ呆然としていた。


お姫様抱っこで車まで運ばれた後、六実は恵と共に、篠塚の運転する車で病院に行き、手当てを受けた。幸い、六実の身体に目立った外傷はなく、男に蹴られた場所もわずかに青くなったくらいだった。

一方、女装男は六実たちが病院に向かう間に、駆け付けた警察に引き渡されたという。

被害者の六実は、病院で治療を受けるという名目で、その日は警察と接触しなかった。

篠塚曰く、

「被害者も女装男、加害者も女装男じゃ、警察も混乱しますよ。こっちだって、まだよく事情が呑み込めてないんですから」

それで、近くの病院で治療を受けた後、再び篠塚の運転する車に乗せられて恵のマンションに連れて行かれた。リビングのソファに座らされ、恵がぴったりと寄り添ったが、篠塚は渋い顔をするだけで何も言わなかった。

被害届を出すにせよ、被害者側も事情が呑み込めていないのだ。自分たちの身に起こったことを把握するために、まずは互いに情報を交換しなければならない。

そうしてようやく、六実はストーカーについて詳しく話を聞いたのだが、驚くことに、ストーカーの被害は六実が恵のファンになる以前、一年以上も前からあったのだという。関係者しか入れないはずの場所に、ソバージュヘアの女が出没する。女を目撃した後、たびたびファンレターの中にその女からとおぼしき手紙が混じった。

恵が素敵だった。恵が恋する目で自分を見ていた。きっと気持ちは通じている。

最初はそんな、夢見がちなポエムのような内容で、しかし次第にエスカレートしていった。早く恵と抱き合いたい。いやらしいことがしたい。恵は自分の恋人。

思い込みの激しい妄想が綿々と書き連ねられ、その合間に実際の恵の行動が事細かに書かれていたのだそうだ。

それで恵がナーバスになっていたのだが、その時点での女の行動はまだ、度を越したフアン、という程度のもので、篠塚たちも深刻に捉えていなかった。

しかも六実が現れて付き人となってから、恵も以前ほどその女性を気にしなくなり、事態は収束したと思っていた。

ところが、六実が去った翌日から、また例のストーカー女が出没するようになった。精液の付着した女性下着が事務所に送られて来たのは、二日前のことだ。さすがに事務所もことを重く見て、専門の警備会社などに相談していた。

そんな時に、六実から「ストーカーの件で話がある」と連絡があったのだ。そして現れた六実は、ストーカーと同じロングソバージュのウィッグを付け、女装をしていた。

「……すみません」

「俺が悪いんだよ。エレベーターの前で六実さんの姿を見て、ストーカー女と違うってわかってたのに、驚きすぎて身体が動かなくて……」

申し訳なさそうに恵が言う。六実は慌てて首を振った。

「違う。悪いのは俺だ。自分の女装姿が恵を怖がらせてるかもしれないって、わかってたのに、打ち明ける勇気がなかったんだ」

ごめん、とうなだれる六実の手を、恵はそっと握った。温かい。見つめ合うと、その空気を壊すように篠塚が口を開いた。

「剛志さんがエレベーターに乗ってすぐ、恵が『違う』と言ったんです。今まで見てきたストーカー女の特徴と、今見た剛志さんの背格好が全く異なると」

似ているのは髪型だけで、体型が全く違う。篠塚は一瞬、恵が六実を庇っているのではと疑ったが、六実が去り際に言った、「ずっと七津島にいた」という言葉も気になった。

それで長らく連絡を絶っていた、七津島の高橋家に電話をして確認した。すると六実は一週間ほど高橋家にいて、昨日帰ったばかりだという。

六実にはアリバイがあるということになる。少なくとも、クビになって以降、恵の周りに出没していた女とは別人だった。

「剛志さんには改めて、話を詳しく聞きに行こうと思ったんですが、私が高橋さんと連絡を取っている隙に、恵がまたもや勝手に行動をしてくれましてね」

言って、篠塚は恵を睨む。恵は「ごめんなさい」と首を竦《すく》めたが、それほど悪びれてはいない様子だった。

「まあ、結果的にはそれがよかったんですけどね」

恵が六実を追いかけてアパートに行き、篠塚が恵を追いかけた。その時、周りのスタッフを連れて行ったのは、まだ六実が犯人である可能性があったからだった。

「これがまあ、我々側の一連の出来事ですが、解せないのは剛志さんですね。どうして自分がストーカー犯だなんて思ったんです？」

六実は全てを打ち明けた。女装を始めるきっかけから、ショッピングモールの駐車場で恵に出会ったこと。着替えのために入った男子トイレの個室で、隣の客が奇声を上げて逃げたことも。恵の付き人として同居をしてから、最初に出会った日の話を聞き、自分がストーカーなのだと思い込んだのだ。

「あの時のあれは、六実さんだったんだ」

駐車場で恵は、人からたまたま借りた、色の濃いサングラスをかけていた。おまけに寝起きで頭はぼんやりしている。無防備な状態で車を降りた途端、女が現れた。

ロングヘア、ロングスカートに、顔を隠すような眼鏡と帽子。それらの特徴によって、恵の寝起きの脳は即座に目の前の人物をストーカーと判断した。目鼻立ちや体格がどうだったか、よく覚えていない。見ているようで、正しく見ていなかったのだ。

「ごめん。その時に、自分だってことを打ち明けるべきだったのに」

ストーカー犯は他にいると言っても、あの時、恵を怖がらせたのは他ならぬ六実だ。黙っているなんて、卑怯だった。

「謝らないで。俺が怖がって、きちんと見てないのが悪いんだよ」

「確かに、剛志さんはただ女装して恵の前を横切っただけですからね。ちなみに、女装をして恵に会いに行ったのは何回くらいですか」

聞かれて、数えてみる。数回イベントに行った他、一度だけテレビ局のスタジオで出待ちをした。

正直に答えると、篠崎は頭が痛いというように眉根を寄せてこめかみを揉《も》んだ。

「まあ、スタジオの前にファンが集まるのは迷惑なんですが、それ以外は全くファンの域を出ませんね……」

言いながら、疲れたようにため息をつく。そのまま踵を返し、リビングを出ようとする。

「あの、篠塚さん？」

「帰ります。社長に報告しないといけませんし。恵、休みは明日の夜までだからね」

去り際、篠塚が振り返って睨むと、恵は屈託のない笑みを浮かべた。

「はい。ありがとうございます」

篠塚はそれに一瞬、悔しそうな顔をして去って行った。

六実は恵と二人、取り残される。いいのだろうか。何だか恵の様子も以前と違うし、困惑する。

「そういえば恵、仕事は？」

事務所で会った時、仕事を抜けてきているようだった。そのことを思い出して慌てたが、恵は「大丈夫だよ」と優しく言った。

「雑誌のインタビューを受けてたんだ。休憩の時、付き添ってくれてた事務所のスタッフが、篠塚さんと電話をしてるのを偶然聞いて」

六実がアポを取って、事務所に来るという。スタッフの目を盗んで取材元と話し、残りのインタビューを別の日に回してもらうように交渉した。

「ごめん」

「それは、仕事を中断させてごめんてことに対して？　それとも、何も言わずに俺を置いていったことを謝ってるの？」

「……両方だよ。ごめん」

身体を合わせたその日に、六実は何も言わずに消えた。篠塚がどう説明したのか知らないが、恵が傷ついたのは間違いない。

唇を噛んでうなだれると、恵は黙って六実の頬を撫でた。乾いた大きな手に、どきりとする。

「俺もごめんなさい。六実さんが欲しくて、そのことばっかり考えて、俺はあなたの気持ちを考えてなかった」

家に帰ると六実がいなくて、篠塚からクビにしたと伝えられた。二人の関係はただの依存で、恋愛ではない。一緒にいるのは、互いのためにはならない。

六実に言ったのと同じことを言われたが、恵は納得できなかった。

「俺は六実さんが好きなんだ。一緒にいたら幸せで、この先もずっと一緒にいられると思ってた。依存だとしても、何が悪いのかわからない。恋愛って、そういうものじゃないのかなって」

けれど六実は去ってしまった。篠塚の言葉に納得して。
どうして、と裏切られた気持ちになって、それからようやく、自分が好きだと告げても
いないことに気が付いた。
「俺、六実さんが欲しい欲しいって、自分のことしか考えてなかった。好きとも言わずに
がっついて、だから六実さんに、俺の思いが伝わらなかったのかなって思った」
「恵のせいだけじゃないよ。俺は臆病だった。君に嫌われたくないって、俺も自分のこと
しか考えてなかったんだ。だから篠塚さんにちょっと言われただけで、自分のことも君の
気持ちもわからなくなった」
けれど、恵の生まれ故郷に行き、自分の感情に向き直ることができた。
「俺も恵が好きだ。最初はファンとしてだけど、一緒にいて、いつも一生懸命な君を見て
惹《ひ》かれるようになった。君に本当に恋をしてるんだって、気づいたんだ」
六実の告白を聞いていた恵は、やがて花が咲くように微笑んだ。
「嬉しい」
恵の腕が伸びて、ぎゅっと抱きしめられる。懐かしい感触に、六実も嬉しくて泣きたく
なった。六実が彼の背中に手を回すと、抱擁はさらに強くなった。顔を上げた二人は、ど
ちらからともなくキスをする。
「改めて言うけど、六実さん。好きです。俺を恋人にしてください」

「恵」

「俺の仕事のこととか、色々考えなきゃいけないこともあるけど。篠塚さんも説得しなくちゃいけないし。でも諦めたくない。六実さん、俺と付き合ってください」

問題はある。でも諦めずに二人で一緒にいたい。それは六実も同じだ。

「よ、よろしくお願いします」

答えた途端、ぶわっと涙が出た。

「ご、ごめん。嬉しくて」

だめだと思ったから。言うと、恵はぎゅっと六実を抱きしめてくれた。

「六実さん、可愛い」

濡れた顔を上げると、キスをされた。背中に回された手が泣いている六実をあやすように撫でる。その手が下に降りてきて、六実ははっと己の姿を思い出した。

「あの、何か着替えを貸してくれないかな」

ずっと女装をしたままだった。しかもウィッグははずれ、タイツは穴が開いて無残な有様だった。

「どうして?」

しかし恵は、きょとんとした顔で聞き返してきた。

「え?　だって、みっともないだろ。こんな格好、気持ち悪くないか」

「全然。どうしてそんなこと言うの？　六実さんは綺麗だよ。それに、すごくやらしい」

とろりと、淫蕩《いんとう》な視線が六実の穴の開いたタイツに注がれる。

「さっきエレベーターで見た時、見惚《みと》れてたんだ」

「それは嘘だろ」

こんな姿に見惚れるわけがない。そう思っていたが、恵は舐《な》めるように六実を上から下まで眺めまわしていた。

「こんなに綺麗な人をストーカーと間違えるなんて、俺、頭がどうかしてたんだね」

恵は言うが、むしろ頭がどうかしているのは今だ。

「あの、やっぱ着替えを……って、わぁ！」

ずるん、と手がスカートの中に入ってきて、叫び声をあげた。慌てて股を閉じたが、恵の手は強引に股間へ潜り込んでくる。

「下着は男物なんだ」

「ちょ、あ、あ……だめ」

残念そうに言いながらモニモニと前を揉まれ、何だこの状況はと戸惑う。この格好のまま愛を確かめ合うのは、恥ずかしすぎる。

「固くなってきた。ちょっと見せて」

恵は言って、六実の前にひざまずくと、強引に膝を割って足を開かせる。羞恥のあまり涙目になったが、恵はそれすらも興奮するようだった。

スカートを大きくめくられ、前をはしたなく膨らませた股間が露《あら》わになる。下着の端から、勃起した先端がはみ出していた。それを見た恵が、ごくりと喉を鳴らす。

「まって、恵。俺、シャワーも浴びてなくて」

「嬉しいな。六実さん、あまり匂いしないから」

「な、へ……」

変態、と六実が言うより早く、恵がペニスをばくりと咥《くわ》え込んでいた。じゅっと強く吸われ、甘い悲鳴を上げる。

「だめ、だめ……あ、あ……」

「六実さんのおチンチン、ずっと舐めたかったんだ」

キャンディーでも口にするように、美味しそうにしゃぶり上げられる。恵は、六実が彼にしたのと同じように、亀頭の裏に舌を絡め、竿を扱き上げた。

「や、出る、出ちゃう」

スカートを履いた女の格好のまま、恵にペニスを咥えられている。恥ずかしいのに、興奮した。

出ると言ったのに恵は離してくれず、六実は彼の口の中に射精してしまった。

「馬鹿……」

ソファにぐったりと倒れこみ、目の前で飲精する男を睨み上げる。恵はうっとり微笑んだ。

「今の可愛い。もう一回言って」

「ば……」

恵がおかしい。だがそれにドキドキと胸を高鳴らせている自分も、かなりおかしい。

下着が取り払われ、ブラウスの前をはだけられる。ブラジャーのホックが外されて乳首が露わになった。そのまま裸になるのかと思いきや、恵はそれ以上、服を脱がせようとしなかった。

六実の乳首を吸いながら、自分もズボンの前立てを寛げる。

「恵、あの、そのままだと」

「うん、わかってる。濡らさないとね。ちょっと、後ろ向いて」

クリームを持ってきてくれるのだと思ったのに、恵は六実に尻を向けさせたかと思うと、いきなり自らのペニスを扱き上げ、尻の間に擦りつけてきた。

「あ……六実さん、六実さんっ」

名前を呼びながら数回、六実の尻にペニスを擦りつけただけで、恵は射精してしまった。

どろりと熱いものが、六実の窄まりに塗り付けられる。かと思うと、今度は六実の正面に向き直り、腰を抱えなおした。竿同士をすり合わせると、恵のそれはたちまち復活する。

「六実さん、入るよ」

言って、ゆっくりと太い幹が中に入ってくる。ずっと望んでいた熱に、六実の前も固くなった。

「六実さんとまた、抱き合えた」

根本まで収めると、恵が極まったように微笑んだ。

「もう会えないかと思ってたよ」

潤んだ目で言われて、六実も涙が込み上げてくる。

「うん。俺も。会いたかった。会えて嬉しい」

強く突き上げられ、快感の声が漏れた。

「ここでしょ、六実さんの好きなところ」

もっと突いてあげる。雄の獰猛《どうもう》さをはらんだ声で言われ、ゾクゾクした。

「中にいっぱい出すね。六実さんが妊娠したら、篠塚さんも反対できないだろ」

「な、何言って」

笑い飛ばそうとする六実の耳元に、熱い息がかかる。恵は甘い声で囁き続けた。

「ね、赤ちゃん作ろう？　赤ちゃんできるまで、六実さんのここに中出しするから」

「そういうプレイは、まだ早いっ」

恥ずかしい。思わず叫んだが、恵はくすくす笑うばかりだ。この前は、自分がイニシアチブを握っていたのに、今は全てを彼に掌握されている気がした。

「もう逃がさないからね。六実さんは、俺のだから」

うわ言のように六実の名前を呼んでは、律動を繰り返す。六実も初めのうちは照れと羞恥で涙目になっていたが、そのうち恵の熱に浮かされて行った。

「うん。俺、恵のだから」

うっとりと呟く六実の唇を、恵が噛みつくように奪う。その仕草は少し乱暴で、六実はいっそう胸を高鳴らせるのだった。


「じゃあ、行ってきます」

玄関先で挨拶をすると、恵を仕事から送ってきた篠塚が「頑張ってください」と声をかけてくれた。

朝、六実は会社に出勤の時間だ。

六実がアパートで襲われた事件から、三か月が経った。長いようで、あっという間の三か月だった。

六実を襲った女装男は、やはりあの時の撮影スタッフだった。以前から恵のファンだっ

たのだそうだ。

父親があるテレビ局の重役で、そのコネを使って撮影所に入り込んだり、撮影スタッフのアルバイトにねじ込んでもらっていた。

恵に会いたかったから。最初はただのファンだったのに、妄想は膨らみ、いつしか彼の中で恵は、自分の恋人になっていた。

非常に思い込みが激しく、彼の中では独自のストーリーが展開されていた。女装をしたのは、恵がゲイで自分と交際していることが世間に知れたらスキャンダルになるから。恵と会うときは常に女の姿をしていたのだそうだ。恵との関係は順調だったのに、六実が付き人になってから、恋人が自分に冷たくなった。

焦った男は、またもやコネを使って恵の仕事場に潜り込み、そこから自宅や事務所を割り出したのだという。

男が精液のついた下着を送ってから、恵の周りの警戒が強くなり、近づけなくなった。だからあの日、男は比較的追跡の容易な篠塚を追っていた。マネージャーの行く先に、恵がいるかもしれないからだ。しかし、そこに登場したのは女装姿の六実だった。六実が自分から恵を奪おうとしている。男はそう確信した。恵の事務所から六実を尾行して、襲ったのだそうだ。

ちなみに、スタンガンは『護身用』。女性の姿だと、いつ暴漢に襲われるかわからないからだそうだ。

一連の出来事は、表立っては事件にならなかった。警察沙汰になれば、被害者である六実もマスコミの餌食になる。六実自身も早く忘れたかったから、篠塚の采配に任せることにした。

水面下でどういう交渉がなされたのか知らないが、男の父親は局を退職し、男は措置入院となった。

『示談《じだん》金代わりと言ってはなんですが』

篠塚が言って、条件のいい就職先をいくつか見つけ出してくれた。あなたはお金では受け取らないでしょうから、という篠塚の厚意をありがたく受け取り、六実はフリーのタウン誌を発行する、小さな会社に入社した。

恵は付き人を続けてほしかったようだが、お互いのためにも自立した方がいいのでは、という篠塚の言葉に、六実も賛成だった。

二人の仲を裂こうとした篠塚は、それからも認めるという言葉は口にしないまま、けれど積極的に邪魔することもない。

家に帰ると途端にデレデレし出す恵を見て、いつもげっそりした顔を見せるが、最近はむしろ、陰ながらフォローしてもらうことが多かった。六実が住んでいたアパートを引き払い、恵のマンションに引っ越すことになった時も、あれこれ手配してくれたのは篠塚だ。

『今のところは、恵に悪い影響も出ていないようですしね』

そんな風に言っていた。

恵との関係は、篠塚以外の誰にも秘密だ。六実は恵より七つも年上で、ただのサラリーマンだ。これからどうなるのか、六実にもまだわからない。

不安がないと言ったら嘘になるけれど、それでも恵と一緒にいたかった。今後、二人の間に何が起こっても、逃げずに向き合いたいと思う。六実が言うと、恵も『俺もそうする』と言った。

『篠塚さんにスカウトされて上京してから、ずっと流されるだけだった。友達も恋人もいなくて不安で、それを仕事のせいにしてたけど、俺は自分で何かを選んで失敗したくなかったのかもしれない』

だから、六実とのことは、ちゃんと自分の頭で考えて、ずっと一緒にいられる道を考える。

穏やかだがきっぱりとそう言った恵は、以前と変わってきていた。六実以外の周囲に対しても、意見を言うようになった。篠塚にはたまに、我がままな態度を取って見せることもある。理不尽なことは言わないけれど、六実のことで篠塚と揉めて以来、それまであった遠慮が取り払われたようだった。

そうして篠塚も、恵の変化に思うところがあったようだ。頑なに恵を統制することを止め、恵の自主性を尊重することが増えている。

お蔭で、没交渉だった七津島の人とも、連絡を取り合うようになった。高橋兄弟は今年中に上京することを考えているようだし、恵もいつか休暇を取って、七津島に帰省するつもりだという。

日常は押し並べて平和だった。

「六実さん、いってらっしゃい。今日は遅いの?」

仕事帰りで疲れた顔の恵は、名残惜しそうに玄関先に立って六実を見送る。

「いや、そんなに遅くならないよ」

よかった、と恵は微笑み、六実の頬に軽いキスをした。六実もキスを返して、朝の玄関に甘ったるい空気が流れる。隣の篠塚は、ひたすら気配を殺している。

最後にハグをして身体を離す際、恵が耳元で小さく囁いた。

「新しいワンピース買ったんだ。今夜、試そうね」

「う……あ、うん」

一瞬、動きが止まった六実はぎこちなくうなずき、行ってきますと二人に言って家を出た。

毎日は平和だ。だが一つ、釈然としないことがある。

(恵のやつ、また買ったのか)

再び同居を始めてから、恵の部屋のクローゼットにはぽつぽつと、女物の服が並ぶようになった。服だけではない。ウィッグやアクセサリーもある。

それはもちろん、恵のものではなく、六実が身に着けるためのものだった。

恵は、六実の女装を見ると異様に興奮する。普通に抱き合うこともあるが、異装をして行為に及ぶことが断然多い。

（ああいうの、困るよな）

心の中でぼやきつつ、駅の改札を通る。構内の一角に化粧品の広告ポスターが張られていた。

（あ、新色……）

シックな大人の色の口紅に、六実は一瞬、広告の前で足を止めた。恵が好きそうな色だなと思う。少し前に恵が買ってくれた服に合いそうだった。

六実の姿を見た時の熱に浮かされたような恵の表情を思い出し、朝だというのに肌が怪しくざわめいた。慌てて妄想を振り払い、電車に乗る。

（本当に困る）

これから会社だというのに、今から夜が待ち遠しい。

あとがき

こんにちは、はじめまして。小中大豆《こなかだいず》と申します。

今回は芸能人と無職という、足元のふわっふわした二人になりました。

そして初めての年下攻めです。今まで年上攻めが多かったので、書いていて新鮮でした。

プロットの段階で、最終的に攻めがカッコよくなる、というのが一つの目標だったのですが。読み返してみると……あれ？

一度でいいから、本当に最初から最後までカッコいい、スーパー攻め様を書いてみたいです。

イラストは前々作から再び、陸裕千景子《りくゆちかこ》先生にご担当いただきました。

情けない二人を、カッコよく魅力的に描いていただき、ありがとうございました。表紙詐欺って言われないといいのですが！

担当様には今回もご迷惑を沢山おかけしました。次は絶対、迷惑かけない！

と誓いながらデビューから何度も何度も。

そして最後になりましたが、ここまでお付き合いくださった読者の皆様、本当にありがとうございました。

今回のお話はお好みにあったでしょうか。いつもドキドキします。少しでも楽しんでいただけたら幸いです。

それではまた、どこかでお会いできますように。

Hanamaru Bunko

作家・イラストレーターの先生方へのファンレター・感想・ご意見などは
〒101-0063 東京都千代田区神田淡路町2-2-2
白泉社花丸編集部気付でお送り下さい。
編集部へのご意見・ご希望などもお待ちしております。
白泉社のホームページはhttp://www.hakusensha.co.jpです。

白泉社花丸文庫

ヘタレな天使が女装王子と出会いました

2015年10月25日　初版発行

著　者　小中大豆 ©Daizu Konaka 2015
発行人　菅原弘文
発行所　株式会社白泉社
〒101-0063 東京都千代田区神田淡路町2-2-2
電話 03(3526)8070(編集)
03(3526)8010(販売)
03(3526)8020(制作)

印刷・製本　図書印刷株式会社
Printed in Japan　HAKUSENSHA　ISBN978-4-592-87736-3
定価はカバーに表示してあります。

●この作品はフィクションです。
実在の人物・団体・事件などにはいっさい関係ありません。

●造本には十分注意しておりますが、
落丁・乱丁(本のページの抜け落ちや順序の間違い)の場合はお取り替え致します。
購入された書店名を明記して「制作課」あてにお送り下さい。
送料小社負担にてお取り替えいたします。
ただし、新古書店で購入したものについてはお取り替え出来ません。
●本書の一部または全部を無断で複製等の利用をすることは、
著作権法が認める場合を除き禁じられています。
また、購入者以外の第三者が電子複製を行うことは一切認められておりません。

好評発売中　花丸文庫

★お兄ちゃんはすごく腹黒でとってもヘンタイ!?

意地悪しないでお兄ちゃん

小中大豆　イラスト＝陸裕千景子　●文庫判

大好きな義兄・千流が帰国する！　幼い頃の美少年の面影は欠片もないごく地味な大学生の唯は、こんな姿じゃ千流に再会できないと、友人の美青年・正也を自分の身代わりに仕立てるが…!?

★おれって息子候補？　それとも愛人候補？

嘘つきは親子のはじまり

小中大豆　イラスト＝東野 海　●文庫判

フリーターの真は脅迫されて、資産家・葉室の亡き婚約者の息子に成りすます羽目になった。実は葉室は、バイト先で真が憧れ続けていた客。無事に屋敷に潜り込んだものの、息子候補が４人いて…!?

好評発売中　花丸文庫

★口止め料代わりに、お前は俺の下僕になれ！

指先がすれ違う

小中大豆　イラスト＝陵クミコ　●文庫判

営業部の若手ホープ・小塚は、同期でライバルの溝呂木を想い続けてきたが、彼が後輩にキスする姿を目撃してしまう。開き直る溝呂木に小塚はささやかな嫌がらせを始め、歪んだ喜びを覚えるが…!?

★冷徹な組長、元ヒモの生意気な犬を調教する！

極道と愛を乞う犬

小中大豆　イラスト＝タカツキノボル　●文庫判

気ままなヒモの隼人は、若き組長・鷲頭の情人に手を出し、監禁されてしまう。最初は反発しつつも、組員から絶大な信頼を集める鷲頭に惹かれていく隼人だったが、自らも組の跡目争いに巻き込まれ…!?

好評発売中　花丸文庫

★大好評！　擬人化チックファンタジー最新刊。
愛の本能に従え！
樋口美沙緒　イラスト＝街子マドカ　●文庫判
一族を追われる形で学園の寮に入ったナナフシ出身・歩。目立たぬことが取り柄の彼は、同室のオオムラサキ出身・大和とその従兄弟の寝取りゲームにまきこまれ、強引に体を開かれてしまうが…⁉

★覚えていますか？　高校時代の「婚姻届」♥
婚姻届と恋の行方
響　高綱　イラスト＝花小蒔朔衣　●文庫判
高校時代の憧れの人・和彰に一日会いたくて同窓会に出席した征実。皆からひっぱりだこの和彰は、学生のころでさえほとんど接触のなかった征実に笑顔で話しかけ、「あること」を尋ねてきて…⁉

好評発売中　花丸文庫

★クリームたっぷりの甘～い恋、ください♥

糖酔バニラホリック

川琴ゆい華　イラスト＝北上れん　●文庫判

カフェで働く建斗に、商店街の会合で運命の出会いが訪れた。相手は、酒店の息子のくせに酒に弱い梓真。しかもひきこもり・コミュ障・オタクだった。この未知すぎる相手との親交の行方は…⁉

★必見☆「まめまめしい」と「ウザイ」の違い！

恋は思いがけず

川琴ゆい華　イラスト＝蓮川 愛　●文庫判

海外暮らしが長かったために日本の常識にうとい御曹司の琥太郎。一方、大学一のモテ男で次々恋人が変わるが、実は恋愛ベタなだけのイケメン・宗佑。そんな二人が意気投合…どころか、恋に落ちた！

好評発売中　花丸文庫

★あんたが俺に優しいのは、なんで？

Life is Beautiful

伊勢原ささら　イラスト＝斑目ヒロ　●文庫判

いいことなど一つもない人生に絶望した瑞生は崖から飛び降りようとして、優しい図書館司書の綾部に止められた。住む部屋と食事まで提供してくれる綾部の好意を素直に受け取れない瑞生だったが…!?

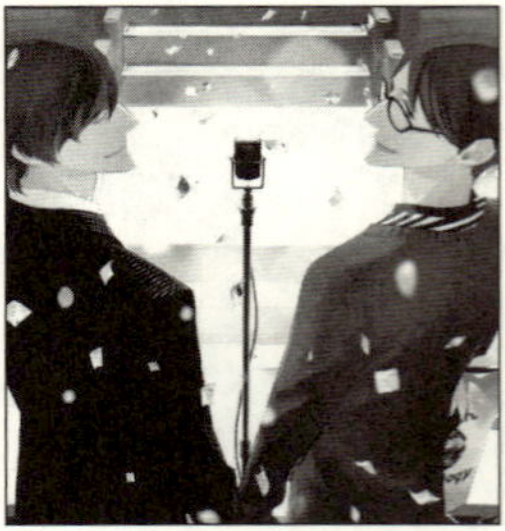

★もう恋なんかしない！　はずだったのに…？

明日はきみと笑うシャラララ

くもは　ばき　イラスト＝奈良千春　●文庫判

人気お笑いコンビのひとりだった片山は、亡き相方が忘れられず、表舞台から去り放送作家に転身した。ある日、家にやって来たハウスキーパー・広川のマイペースさに触れ、少しずつ癒されていくが…!?